# カウントダウン

山本文緒

# 1

「どーも、みなさん、大春《おおはる》でーす」

「小春《こはる》でーす」

「ふたり合わせて、大春小春でーす」

よっ、待ってましたっ！

「大きいボクが、大春で」

「小さいボクが、ハムスターです」

「ハムスターだったんかい。はじめて知ったわ」

「もぐもぐ、ほら」

「ひまわりの種、ほっぺたに入れてたんかい」

「食べないの？」

「食べませんよ、人間ですからね」

「そんならいいよ、もぐもぐ」

「戻すなや、汚いなあ」

アハハハハ。なんだそれーっ。

「大春くん、モテる秘訣《ひけつ》をおしえてくださいよ」

「そんな僕はモテるってほどでもないですけどね」

「いやいや、モテてますって」

「小春くんはそんなにモテないんですか？」

「モテませんねえ。どうしてですかね。もぐもぐ」

「ハムスターだからじゃないですかね」

「こんなにかわいいのに、もぐもぐ」

「ひまわりの種、もう食うなや」

「でも僕ね、この前がんばって女の子とデートの約束したんですよ」

「ほう」

「当日すごい緊張しちゃってね、忘れものしちゃったんですよ」

「ほう、なに忘れたの？」

「コンドーム」

やーだ小春くん、キャハハハハハ。

「下品なこと言うなや、ハムスターなのに」

「それから服も着てくの忘れて」

「ハムスターは、そのまんまでいいんじゃないの」

「渋谷《しぶや》のハチ公前で彼女のこと待ってたら、そのへんにいた女の子たちがキャーって言って」

「そらハムスターがハチ公前にいたらねえ」

「かーわいいーって言われちゃって」

「うそだろ、おい」

「僕のこと抱き上げて、かわいいハムちゃんて頬ずりしてきてさあ、もぐもぐ」

「うれしいとひまわりの種食べるんか」

「彼女がくるからやめてくださいって言ったんだけど」

「ほう」

「ついね、下半身のほうが興奮してきちゃって」

アハハハハ、さいてーっ。

「かわいいハムちゃんでもそういうことになるんかい」

「恥ずかしいわー、なんでパンツくらいはいてこなかったんだろ、もぐもぐ」

「ひまわりの種食いながら、クネクネすんなっ」

「だけど、僕が小さいハムちゃんだから、この女の子油断してるわ、しめしめって」

「ひまわりの種食いながら、悪い顔すんなっ」

やっだもう、キャハハハハッ。

「コラッ！　何を騒いでるんだっ！」

自習時間の教室のドアが、突然バンと開かれる。担任とバッチリ目が合ってしまった。

「またおまえかっ。岡花《おかばな》小春っ」

「やだわ先生、股《また》だなんて。うーん、いけずぅ」

「俺は自習をしてろと言ったんだっ。誰が演芸大会をしろと言ったっ！」

担任の後退した額から、切れそうな血管が浮き出ていたので、僕は肩をすくめた。

盛りあがっていたクラスメートたちは『ちぇっ、いいとこだったのに』と文句を言いつつ、自分の席に戻っていく。

「いいか、静かに自習してろ。勉強したくない奴は、グースカ寝てるんだ。頼むから、アヒルの喧嘩《けんか》みたいにガーガー騒がんでくれ！」

しようがないので、グースカ寝てやるかと机につっ伏したとたん、僕は担任に頭をひっぱたかれた。

「小春、ちょっと来い。話がある」

「ズバリ、屋上連れていって、殴る蹴《け》るの暴行をくわえる気ですね、先生」

「おまえのは言葉の暴力だ。いいから来い」

「先生〜。お説教なら俺も行きます」

相方の大春こと、梅太郎《うめたろう》が手を上げて立ちあがったのを、担任は手の甲であしらった。

「美しい友情だが、ウメは来るな。おまえらふたりが揃うと、俺は頭が痛くなる」

心配げな顔のウメにウィンクを残して、僕は担任について教室を出た。

授業中の廊下は、しーんと静まりかえっている。十二月の冷たい風が、ガラス窓をカタカタと鳴らしていた。

「どうだ、ほかの教室は静かだろう」

担任は、前を見たまま僕に言った。

「あんまりクラスを盛りあげるな、小春」

「はあ」

「苦情が多くてかなわん。先週、音楽の桜井《さくらい》先生を泣かしたろ。まだ二十三歳なんだぞ、少しは手加減してやれ」

心外だ。僕はいつまでたっても生徒の前でビクビクしている新米女教師を、リラックスさせてあげようと思ってやったのだ。

僕が音頭をとってクラス中の男子で、シャツもズボンも脱いで裸になり、ボディービルダーのポーズをして、先生が教室に入ってくるのを待っていたのだ。大笑いしてくれると思ったのに、彼女は卒倒してしまった。

「ウケるかと思って」

「ウケれば何をしてもいいと思ってんのかっ、阿呆《あほう》っ！」

担任のダミ声は、長い廊下をエコーしていった。アホウ、アホウ、アホウ、アホゥ……。

「おまえなら、立派なお笑いタレントになれるだろうよ」

チロリと横目で担任が笑う。

「アハハ。ありがとうございます」

「褒めてねえよっ！　ボケっ！」

またエコーがかえってくる。ボケ、ボケ、ボケ、ボケ、ボケ……。

「進路希望のプリントに、卒業後は漫才師になるなんて書きやがって」

「話ってそのことですか？」

「それ以外何がある。おまえの親に電話したら、驚いてたぞ」

「母ちゃんに言ったんですかっ⁉」

僕は思わず担任の両肩をガッチリつかんだ。

「言ったよ。言っちゃったもんね」

彼は子供のようにイヒヒと歯を見せた。

「先生～、困るよぉ。それでなくても、我が家は崩壊しかけてんだから」

「話は最後まで聞け。俺は賛成だと言っといたんだ」

「え？」

「成績は中の下。ハムスター並みの脳味噌《のうみそ》のおまえができることと言ったら、その悪ふざけぐらいだろう」

僕はポカンと口を開けて、担任の顔を見た。

「褒めてくれてんスか？」

「阿呆。おまえが漫才師になろうが何になろうが勝手だが、ほかの生徒まで巻きこむなって言ってんだ」

「ウメのことなら……」

「授業中は静かにっ。悪戯《いたずら》はするなっ。わかったなっ！」

僕の言葉を遮るように、担任は捨て台詞《ぜりふ》を浴びせた。

僕は、岡花小春。高校二年。

僕の夢は、漫才師になることだ。

先生に言われなくても、僕は自分のことをよく知っている。

僕の快感は、人の笑い声によって起こされる。僕は人様に笑ってもらうことが大好きなのだ。笑いをとるためなら、歯を全部マジックで塗ってもいい。五百円玉を鼻の穴に入れたっていい。教えてもらわなくても、僕は知っている。僕の行くべき道は、お笑いだけだ。

「小春、小春」

「あん？」

男子更衣室で、制服から学校ジャージに着替えていると、着替えを済ませたウメが寄ってきた。

「先生の話、なんだった？」

「ああ……、漫才師になりたいなら勝手になれって。だから、学校では静かにしてろってさ」

「ふーん。あとは？」

僕より頭ひとつ、いやふたつ背の高いウメが、あどけない顔で僕を見下ろしている。言おうかどうしようか迷って僕は唇をなめた。

「何さ、小春。言いにくいこと？」

「いや……ウメのことを巻きこむなって、暗に言ってた」

「え～？　なんだよ、それ」

「さあね」

脱いだ制服をスポーツバッグに突っこんで、僕は汗くさい更衣室を出た。後からウメが追いかけるようについてくる。

「先生もみんなも、俺のこと誤解してるよなあ」

「無理もないよ」

「そんなに無理してるように見えんのかな」

「無理してんのか？」

「あんなこと、無理してやってどうする。やりたいからやってんだよ」

思わず苦笑いがこみあげる。僕だってまさか、ウメと漫才のコンビを組むことになるとは思わなかった。

相方の大矢《おおや》梅太郎は、三か月前まではいわゆる普通のイケメンだった。長身に甘いマスク、成績も運動もトップクラス。このあたりの地主のひとり息子で、丘の上の豪邸に住んでいる。そして、おぼっちゃん特有の穏やかな性格で、女の子たちの人気の的になっていたのだ。

ところがある日突然、まさにある日突然、ウメが僕のところへやってきた。彼は、僕が漫才師を目指していることを、誰かから聞いてきたらしい。

「俺もお笑いやりたいんだ。な、漫才のコンビ組まないか？」

爽《さわ》やかにウメはそう言って笑った。僕は驚きのあまり、食べていた弁当をひっくり返してしまった。

ぶちまけてしまった弁当をスゴスゴと片づける僕を手伝ってくれながら、ウメはまた爽やかに笑って肩を叩《たた》く。

そしてこう言ったのだ。

「さすが小春は目のつけどころが違う。これから、女の子に一番ウケるのはお笑いだよな」

爽やかな笑顔が不敵な笑顔に変わった。ケケケと笑うウメを見て、僕は彼の本心を垣間《かいま》見た。

ウメの希望は女の子にモテることだ。単純明快、裏も表もナシ。彼は、モテるためならなんだってする気なんだろう。僕が笑いをとれるんだったらなんでもするように。案外、うまくいくかもしれない。そう直感して、僕はウメとコンビを組むことにした。コンビを組んだからには、やっぱりお披露目しないとならないだろう。

僕とウメは『大春小春』というコンビ名をつけて、自習時間に教室でデビュー漫才をやったのだ。

これが予想以上にウケた。クラス中から大笑いと拍手をもらった。今までだってモテていたウメは『思ってたよりおもしろい人だったのね』とさらに人気が上がり、チビで変な奴と言われていた僕も『意外とかわいいとこあるのね』ともてはやされた。

身長一八〇センチの優しい顔のウメと、一五八センチでアクの強いチビの僕が並ぶと、それだけでけっこう笑いがとれることにも気がついた。

コンビを組むまで、それほど親しくなかった僕とウメが、今や自他ともに認める相方だ。でも、まわりから見れば、僕が優等生で通してきたウメを悪の道へ引っぱりこんだように見えるんだろう。

「う～、さみぃ。私立はもう冬休みだぜぇ」

「あと五日の我慢じゃん、小春」

北風の吹く渡り廊下を歩いて、僕とウメは体育館へ向かう。

「終業式の日は、クリスマスイブかあ」

ため息まじりにつぶやくウメを、僕はチロリと見た。

「ため息をつくな。クリスマスも正月も、漫才の稽古《けいこ》をしようって言い出したのはウメだろ」

「違うよ。好きな子でもいれば、クリスマスも盛りあがると思ってさ」

「……ウメって好きな子、いないのか？」

僕は思わずウメを見あげた。

「女の子なら、誰でも好きさ。でも、みんな同じぐらいなんだ。これっていうのがいなくてさ」

「高望みしてんじゃねえの？」

「あ、小春の好きなバンビちゃんが来た」

僕の質問を聞こえないふりすると、ウメは体育館の入り口を指差した。見ると女の子がひとり、半袖《はんそで》と短パンという寒そうな格好でこちらにやってくる。

「紅実《くみ》ちゃんじゃぁーん」

語尾を伸ばして、ウメが僕を肘《ひじ》でついた。僕は平静を装って唇を尖《とが》らす。彼女は腕を組んで両肘を抱え、パタパタと小走りにやってきた。

「はーい、紅実ちゃん。そんな格好でどこ行くの？」

僕が先に声をかけようと思っていたのに、ウメがすかさず笑顔で話しかけた。

「あー、ハルちゃんとウメちゃん。さっむいねぇ」

顔をくしゃっとさせて、紅実は笑った。

「寒いねえじゃないよ。ジャージ着ないと風邪ひくよ」

「うん。でも創作ダンスだから、ジャージ着ちゃいけないの。ちょっとおトイレ行くだけだから平気かと思ったんだけどやっぱ寒いわあ」

本当に寒がってるのか、紅実はのんびりと僕に言った。

「ねえねえ、お笑いコンテストって、一月三日だっけ」

「うん、渋谷でね。紅実ちゃんも見に来られるんだろ」

「うん。みんなで行くよっ。優勝しちゃったら、本当に芸能人だね」

「有名になっても、堀越《ほりこし》に転校したりしないから安心してよ」

アハハと紅実が笑うと、口もとから小さい八重歯が覗《のぞ》く。

「ハルちゃんっておもしろい」

「鳥肌たってんじゃん。早くおしっこしてこいよ」

「そうする。じゃあね」

肩までの髪を弾ませて、紅実がパタパタと走っていく姿を、僕とウメは黙って見送った。視線を感じて横を見ると、ウメが意味深な笑顔で僕を見ている。

「なんだよ」

「かわいいじゃございませんか。紅実ちゃん」

「おまえに言われると何かイヤだな」

「あのシシャモみたいな、ふくらはぎ。食べたいと思いません？　ハルちゃん」

「まあ。お下劣ですこと、ウメちゃん」

僕は無表情に言い返すと、体育館へスタスタと入った。

僕は、あの子が好きなのだ。シシャモのようなふくらはぎに、八重歯がかわいい斉《さい》藤《とう》紅実が好きなのだ。

さっきの台詞《せりふ》を聞いただろ。『ハルちゃんっておもしろい』って。おもしろいと言われることは、僕にとって最高の讃辞《さんじ》なのだ。

紅実に『ハルちゃんっておもしろい』って言われるたびに、血圧と体温がグッと上がる。顔がデへへと崩れてしまう。

彼女は特に目立つタイプじゃないけど、ちんまりしていてかわいい女の子だ。ほかの男に取られる前に、なんとか彼女になってもらいたいんだけど、変に〝お友達〟なだけに、急に好きだとは言い出しにくい。

きっかけさえあれば、沈む夕日に『紅実ちゃん、好っきやでー!』と叫びたいんだけどな。

「よおよお。小春、ウメ」

体育館に入ると、クラスの仲の良《い》い連中が手を上げて僕たちを呼んだ。

「例のお笑いコンテストに出るんだって?」

「おう。一月三日だから、みんなで見に来てくれよ」

体育教師がまだ来ていない様子で、みんな飛び箱に寄りかかったり、マットに足を投げ出したりしてくつろいでいる。僕とウメも、みんなの間に腰を下ろした。

「ひがし関東テレビの新人のお笑いコンテストって言ったら、ドトール戸田《とだ》やコロラド近藤《こんどう》が出たところだろ」

「優勝したら、即レギュラーでテレビに出られるんだよな」

「おまえら芸能人じゃん。学校に取材に来てもらおうぜ」

みんなが騒ぎはじめたのを、僕は笑って聞いていた。

そうなんだ。僕とウメは、年明けの三日にあるお笑い新人コンテストに出ることになった。予選が厳しいこのコンテストに、僕らは応募一回めで軽く予選を通過した。優勝すれば、東京ローカルではあるが即テレビに出ることができる。僕の夢は、あとちょっとで手の届くところにあるのだ。デビューしてテレビ番組のレギュラーを持てば、もう誰も文句は言えないだろう。僕は一刻も早く、予備軍からプロになりたい。切実にそう思ってるんだ。

「でも、すげえなあ、小春。普通、お笑いタレントになりたいって思ってても、高校生じゃなかなかそこまでできないぜ」

クラスメートの言葉に、僕は肩をすくめた。

「高校行ってる間に、なんとかデビューしたいんだよ。そうすりゃ、親も教師も少しは認めてくれるだろ」

「じゃあさ。何もコンテストに出なくても、小春の姉ちゃんのコネで、テレビぐらい出れるんじゃねえの？」

ひとりの何気ない言葉に、みんなは顔を見合わせた。おたがいの視線が合うと、みんなはなんとも言えないニヤけた顔になった。

羨望《せんぼう》と好奇心と、ちょっとした軽蔑《けいべつ》がまざったようなみんなの視線が、僕に集まる。

「あのなあ。姉ちゃんのコネなんか、みんなその筋だぜ。男優になりたい奴がいたら紹介してやるけどよ。僕はなるべく脱がない方向でテレビ出たいのよ」

連中がドッと笑ったところで、体育教師が扉を開けて入ってきた。ピーッと笛が鳴らされて、みんなはダラダラと立ちあがる。

準備体操をしながら、僕は内心ちょっと腹が立っていた。だけど、どうしてムッとしたのか自分でもよくわからなかった。

僕の四歳年上の姉、岡花サクラはグラビアアイドルをしている。といっても、姉はもうアイドルという単語は似つかわしくないくらい脱いでいる。最初は本当にアイドルだった。原宿《はらじゅく》でスカウトされて、かわいいワンピース姿で写真をとられ、漫画雑誌のグラビアに載った。かわいらしい顔とダイナマイトなバストのギャップが受けて少しずつ人気が出て、二冊目の写真集で大胆な水着姿とポージングを見せてセクシーアイドルとして有名になった。それからイメージＤＶＤの売り上げをどんどん伸ばし、最近はテレビのバラエティやドラマにも端役で出るようになって、女の子のファンも多いというから驚きだ。

実の姉の裸が、公衆の面前にさらされているというのは複雑な気分だったが、僕はどこまでも明るい姉が嫌いではないし、姉にはああいう仕事が向いているんだろうと思ってる。

だが母親は、死ぬほど嘆いている。あんな子に育てた覚えはない。恥ずかしくてご近所を歩けないとわめいている。

父ちゃんと母ちゃん、姉ちゃんと僕の普通の四人家族。中流の下ぐらいの家庭だが、それなりに平凡で平和に暮らしていたのに、姉の仕事のせいで我が家の空気はぎしぎししたままだ。そして、次は僕が漫才師になったら完全に家庭崩壊かもしれない。

ああ、なんてかわいそうな僕のママ。姉も僕も、自分がまともな人間じゃないことに罪悪感のかけらも感じてないのだ。母ちゃんを悲しませる気はないのだが、僕も姉ちゃんも母ちゃんの体裁のために生きていく気はない。

「岡花小春、参りますっ！」

派手に右手を上げて、僕は助走をはじめる。ただの開脚飛びでいいのに、踏み切り台を蹴《け》って飛び箱の上に倒立し、アクロバット並みの前転飛びをやってみせた。

ポーズを決めると、クラスメートたちの野次と体育教師の罵声《ばせい》が降ってくる。ネットで半分に区切られた体育館の向こうから、女の子たちの拍手も聞こえてきた。パチパチと手を叩《たた》く、紅実の笑顔も見える。

姉の仕事をとやかく言う気はないが、ひとつ心配なのは紅実のことだった。姉のサクラがデビューすると、一部の女子はあからさまに僕を避け、こそこそと陰口を叩いた。でも彼女たちを責める気はない。普通の女の子だったら、やっぱり姉の仕事を理解できないだろう。

紅実も普通の女の子だ。だが、彼女は姉が有名になってからも、僕に対する態度を変えなかった。

最初、僕のことが好きだから、姉が何をしようと関係ないと思ってるんだ、なんて善意に解釈していた。でも、よく考えてみると、僕のことなんかなんとも思っちゃいないからなのかと思うようになった。

紅実は僕のことを、どう思ってるんだろう。セクシーアイドルの姉貴がいる男なんか嫌いだろうか。大学も行かず漫才師を目指してる男なんか嫌いだろうか。鼻の穴に五百円玉を入れるような男は嫌いだろうか。

こわいものなどほとんどない僕だけれど、あの笑顔が僕に向けられなくなるのだけはこわかった。あの笑顔が、軽蔑のまなざしに変わる瞬間があったとしたら、僕は水洗便所に流れてしまったほうがマシだった。

クリスマスも年末も、僕とウメは漫才の稽古《けいこ》に精を出した。世間が浮かれまくっている時に、僕の汚い部屋でウメとふたりきり『ぼよよよ〜ん』だの『失礼しやした〜』だの言っているのは、なんだか馬鹿みたいだった。だけど、栄光の陰には努力が必要だ。どんなに綺麗《きれい》な姉ちゃんだって、家ではムダ毛の手入れをしたりするだろう。僕たちだって、こっそりネタぐらい仕込まないとな。

「元旦《がんたん》から何やってんのっ。あんたたちはっ」

襖《ふすま》をスッと開けて、母ちゃんが部屋を覗《のぞ》いた時、僕とウメは上半身裸になって、タコダンスと称したくねくね踊りを練習しているまっ最中だった。

「あ、ど、どうも、あけましておめでとうございます」

タコになりきっていたウメは、慌てて人間に戻って頭を下げる。

「おめでたいのは、あんたたちの頭でしょ。正月早々やかましいってお隣から苦情があったわよ。奇声を発するのはやめてちょうだいっ」

「わりい、わりい。母ちゃん、そう怒んなよ。それより、新しいネタ作ったから、父ちゃんとふたりで見てくんない？」

母ちゃんは僕を無視すると、スタスタと階段を下りていった。僕はウメの腕をつかんで、彼女を追いかける。

「おい、怒ってんじゃないの？　やめたほうがいいよ」

「平気、平気。誰か他人に見てもらわなきゃ、ウケるかどうかわかんないじゃん」

いやがるウメを無理に引っぱって、僕は居間へ乱入した。こたつに入った母ちゃんと父ちゃんが、目を丸くして僕を見あげる。

「お、め、で、とう、ございますっ。大春小春でございますぅ」

とまどっているウメを肘《ひじ》でつつくと、彼は仕方なさそうにネタをはじめた。

「お正月ですねぇ、小春くん」

「そうですねぇ。めでたいことじゃございませんか。でも大春くん、お正月になると、股《また》がかゆくなる病気になる人が増えるそうですよっ」

「はあ、なんでまた？」

「年のはじめのタムシとてっ。なんちゃってね」

みかんをむきかけていた母ちゃんの手がピクリと止まり、湯飲みを持ったままの父ちゃんは微動だにせず、うつろな目で僕たちを見あげている。

「ばっかみたい」

再びみかんの皮をむきだして、母ちゃんは吐きすてるようにそう言った。

「そんなんで、漫才師になれるわけないじゃない。早く諦《あきら》めて受験勉強でもしなさいよ」

「でも、担任は賛成してくれたよ」

「学校の先生に何がわかりますっ！　正月早々いらいらさせないでよねっ！」

笑わせようと思ったのに、怒らせてしまったようだ。仕方なくスゴスゴと居間を出た。

背中から『どいつもこいつもっ』と母ちゃんの愚痴が聞こえる。

僕とウメは二階の部屋に戻り、黙ったまま床に腰を下ろした。

「……ウケなかったじゃん。小春」

言いにくそうにウメが口を開いたので、僕はフンと顔をそむけた。

「中年には、わかんねえんだろ。笑いの感覚がさ」

「……ふ〜ん」

不安げなウメの顔を見ているうちに、僕もなんだか気分が落ちこんできてしまった。

ネタを考え稽古すればするほど、おもしろいんだかつまらないんだかわかんなくなる。

「俺、小春の父ちゃん、はじめて見たな」

気がついたように、ウメが顔を上げた。

「暗いでしょ」

「どっちかっていうと暗いな」

「母ちゃんの尻《しり》に敷かれて、発言力はゼロよ。役所に勤めてて、毎日五時半きっかりに帰ってきて、炬燵《こたつ》でぼーっとしてやんの」

「へえ〜。あの両親から、どうしてセクシーアイドルと漫才師が生まれちゃったのかね」

「反動じゃないの」

しんと静かになってしまった部屋に、石油ストーブの上のやかんがヒュンヒュンと音をたてはじめた。

「な、小春。俺たち、本当にコンテストで笑いとれるかな」

「珍しく弱気だね」

「だってさ。クラスの女の子、ほとんど来るんだぜ。俺、恥かきたくないなあ」

「恥かくどころか、見にきてた女の子全員から告《こく》られるぜ。元気出せよっ」

景気づけにバンと背中を叩いてやると、ウメの顔がダハハと崩れていく。

「そっかあ、そうだよな。そしたら、よりどりみどりだよなぁ。ウヘヘヘ」

すっかり元気の出てしまったウメを、僕はあきれて眺めた。この男は、本当に女の子が好きなのだ。それも、たくさんの女の子にモテることを生きがいにしてるらしい。

まわりには、下ネタを口にする僕のほうが悪く見えるらしいけど、悪いことをしているという点では、ウメのほうが上だ。学校の女の子には決して手を出さず、東京へ通ってナンパするあたりが、ずる賢いと言える。

見えないところで遊んでいるウメと違って、僕は自分で言うのもなんだけど、純情だった。いつもふざけているわりには、好きな女の子の前に出ると、思っていることの半分も口にできない。

お笑い新人コンテストには、紅実も来る。ウメじゃないけど、紅実の前では恥をかきたくない。

紅実の見ている前で、グランプリを獲得する。

キャー、ハルちゃんステキッ。これで一人前の漫才師ねっ。

そう言って、紅実が抱きついてきてくれたら、どんなに嬉《うれ》しいだろう。考えただけでも血圧が上がる。

「よっし、ウメ。稽古しようぜっ」

「そうだな。やるっきゃないよな」

「グランプリ獲《と》って、さびしいクリスマスと正月のツケを返すぞっ！」

僕は紅実が抱きついてくるところを想像してニヤけ、ウメは山のような女の子に囲まれることを想像してニヤけた。

ふたりの稽古《けいこ》はいやが上にも熱が入った。


運命の日はやってきた。一月三日はぺかっと晴れて、僕はテレビの上に置いてある小さい鏡餅《かがみもち》に手を合わせて家を出た。

地元の駅で待ち合わせたウメといっしょに、僕は意気揚々と電車に乗った。

僕らの家は、千葉県のう～んと奥のほうにあるので、都心に行くには何回も電車を乗りかえないとならない。玄関を出てから渋谷駅に着くまでたっぷり二時間かかってしまった。

渋谷の外れにあるライブハウスを借り切って、コンテストは行われる。ここ二年ほどで、このコンテストから人気お笑いタレントが数人出たので、芸能プロダクションの人間も見に来ているという噂だ。

ちょっと早く来すぎたかなと思っていたのに、小さな楽屋にはもう人がぎっしり入っていた。予選を勝ち抜いたお笑いの卵たちは、みんな煙草を吸ったり、弁当を食べたりしてくつろいでいる。一見和やかそうに見えても、ピンと張りつめた何かがあった。

僕とウメも、隅のほうのスチール椅子に座って、支給された弁当を広げる。

「……小春、小春。俺たちが最年少みたいじゃない？」

しゅうまいを箸《はし》でつまんだまま、ウメがこっそりあたりを見回した。

「そんな感じだな」

「お。あんな綺麗《きれい》な女の子も漫才やるのかなあ。もったいないなあ」

「少しは緊張しろよ、ウメ」

「知ってる？　俺って生まれてから一回も緊張したことないの」

「え？　マジ？」

僕は平然と弁当を食っているウメを、ポカンと見た。

「それって、心の病気かなんか？」

「やめてよ、ハルちゃん。でも便利でしょ」

便利と言えば、便利かもしれない。でも、緊張しない人間なんか本当にいるんだろうか。

「小春はずいぶん緊張してるみたいだな」

弁当を食べ終わり、ペットボトルの水を飲みながらウメが笑った。

「そんなことねえよ」

「それ、醬油《しょうゆ》の入れ物だし」

言われて僕は箸の先を見た。魚の形をしたビニールの醬油入れを、口に入れようとしているところだった。

弁当と箸をテーブルに置いて、僕は大きく息を吐く。

「着なれないもの着てるから、余計落ち着かないんだよ」

「ちょっと古いけど、似合ってるよ」

「そお？」

「男前、男前」

目の前の壁は、一面鏡になっている。僕はちょっと気取って鏡に向かい、ポーズを取ってみた。ウメが親戚《しんせき》から借りてきてくれたスーツに、細身のネクタイ。はじめて着たわりには、まあまあ決まってると思う。

漫才師がスーツを着るのは、服ではなくてネタを集中して見てもらうためだと、ベテランの漫才師が言っていたのを聞いたことがある。確かにスーツを衣装に決めてしまえば、余計なことを考えなくて済む。

「あと五分ですので、前半の一番から四番の方、舞台の袖《そで》へ回ってください」

楽屋の扉を開けて、係員が声をかけた。ピッと空気が張りつめる。僕とウメは、鏡に向かって髪と歯を点検してから、みんなのあとについて楽屋を出た。僕たちの出番は、八組あるうちの四番めだ。持ち時間は三分。たった三分間で、運命が決まってしまうのだ。

暗い舞台の袖から、そっと客席を覗《のぞ》いてみた。まだ明かりを落としていない客席の真ん中あたりに、友人たちと笑っている紅実の顔を見つけた。

「く、紅実ちゃんっ」

「小春〜、こんな時に興奮してんじゃないよ」

「うるさい。おいら、紅実ちゃんのためならがんばるぜっ」

「どうでもいいけど、鼻水出てるぜ」

緊張と興奮で、涙腺《るいせん》がゆるんでしまったようだ。ウメの渡してくれたティッシュで、チーンと鼻をかんだ時、客席の明かりが落とされた。

舞台袖からテレビで時々見かける三十歳くらいの男が現れた。彼はバラエティ番組を手がける構成作家だ。こ汚いジーンズ姿で、テンションは低い。

「ひがし関東テレビお笑い新人コンテストも、今回で十回めです。記念すべき第十回のために、今夜は特別ゲスト『明るい農村』のみなさんが駆けつけてくださいました〜」

モンペ姿にクワを担いだ四人組が、舞台に飛び出すと、女の子たちが黄色い声を張りあげた。彼らはこのコンテストで優勝し、人気タレントになったのだ。一応テレビカメラは回っているが、これは記録用だと聞いていた。

「『明るい農村』のみなさんには、前半と後半の間にネタをやっていただきましょう。さあ、栄えある第十回のグランプリはどの組になるでしょうか。では一組めお願いします」

拍手の中、大学生風の三人が飛び出していく。僕とウメは、じっと彼らのコントを舞台の袖で聞いていた。

芝居風の彼らのコントは、それほどおもしろいとは思えなかったが、客席はけっこう笑っていた。

コントが終わると、五人いる審査員が点数を出す。いかにも業界人らしい男女がおもしろくも何ともない様子で点数の札を上げていった。九点、九点、十点、八点……。なんだ、あんなモンでけっこう点が取れちゃうんだな。僕は、ホッと息をついた。あんなのに比べたら、僕たちなんか十点、十点、十点、十点の百点満点だぜ。

そう思ったら、少し緊張が解けた。二組め、三組めも、たいしておもしろくないのに高得点を取っていくので、少し腹さえたってきた。

こんな程度でいいなら、ちょろいもんだ。グランプリはもらったも同然だな。

「さて、次は現役高校生の二人組『大春小春』です」

僕たちは床を蹴《け》って、舞台に走り出た。拍手の雨が降ってくる。ああ、なーんて気持ちいいんだ。

「はーいみなさん。大春でーす」

「小春でーす」

「ふたり合わせて大春、小春でーす」

ここで小さな笑いがとれる、と間を取ると、客席に並んだ顔はみんな無表情だった。

あれ？

「大きい僕が大春で」

「小さい僕がハムスターです」

「ハムスターだったんかい！」

さあ笑え、と両手を上げても、会場はしーんと静まりかえったままだった。あれれれ？

さすがのウメもあせったらしく、すがるような目で僕を見た。僕だってあせったが、やめるわけにはいかない。とにかく最後までやるしかない。

手応《てごた》えのないのは、僕たちのギャグが珍しいからだ。慣れてくれば、おなかがよじれるほどおかしいさっ。

ところが、いくらネタを進めていっても会場に爆笑は起こらなかった。ここで大爆笑っと思ったところでも、客はフフンと鼻で笑っただけで、最後のとどめのタコ踊りは、静まった会場に、さらにバケツの水をかけるようなものだった。

悪夢のように長い三分間が終わり、失礼しやした～と頭を下げると、パラパラとお義理のような拍手が返ってくる。僕は恥ずかしさのあまり、気が狂ってしまいそうだった。

「いやー、きみたち。大春小春くん」

司会の男がガハハと笑って、寄ってくる。

「それにしても、つまんなかったねえ～」

マイクを向けられても、僕とウメは何も言えない。こんなはずじゃなかった。ウケなかったことなんか、今まで一度もないんだぜ。

「まあ、いちおう点数を見てみましょう。審査員のみなさん、点数をどうぞ」

苦笑いの審査員たちが、次々と札を上げていく。五点、四点、四点、五点……。審査員席の一番端に座っていた若い女が、パネルに何かを書きこみ、それを高々と上げるのを見て、客がドッと笑った。十点の前に横線が一本引かれている。マイナス十点。

「十八点マイナス十点で八点。過去最低点が出ちゃいましたね。どうやって予選を通過してきたんですか？」

向けられたマイクに、僕はこれほど屈辱を感じたことはない。

「まだ十六歳だし、これから精進してまた来てくれな」

バンと肩を叩《たた》かれて、僕らはもう一度頭を下げた。紅実のいる客席に、僕は頭を上げることができない。

僕らの野望は、あっけなく崩れ去った。

## 2

ズルズルと足をひきずって、僕とウメは楽屋に戻った。スチールの椅子に腰を下ろして、両手で頭を抱える。まさに失意のズンドコ、いやどん底だった。

グランプリどころか、紅実の前であんな醜態さらしちまって。それもショックだが、自分の作ったネタが、ここまでウケなかったのは生まれてはじめてだった。なぜなんだ、学校ではウケたのに。

横に座ったウメが、あ〜あとため息をつくと、おもむろに歌いだす。

「♪し〜らけ鳥飛んで行く南の空へ〜」

「♪みじめ、みじめ。古い歌知ってんなあ」

つられて歌ってしまった僕は、思わずウメの顔を見た。

「俺も昔のお笑い、少しは研究してるからね。まあ、そんな落ちこむなよ」

「他人事《ひとごと》みたいに言うなよ」

「まあね。こんなことになるんじゃないかと思ってたんだ」

何気ないウメの言葉に、僕は椅子を蹴って立ちあがった。

「な、なんだと～っ」

「あそこまでウケないとは思わなかったけどさ。やっぱ俺たちってまだまだじゃない」

よくもそんな達観したことが言えるな、この男。緊張したこともなければ、失望したこともないんじゃないか。

拳《こぶし》をブルブル震わせて、返す言葉を考えていた時、楽屋のドアが開いて係員が僕を呼んだ。

「岡花さん。ちょっとお願いします」

「は、はい。ウメてめえ、あとでみっちり反省会するから待ってろよ」

右の中指を立て、ウメを威嚇してから、僕は係員に続いて楽屋を出た。後ろ手にドアを閉め顔を上げた瞬間、僕は小便を洩《も》らしそうになるほど動揺してしまった。

楽屋の廊下に、花束を持った紅実がポツンと立っていた。暗い蛍光灯に照らされた汚い廊下に、赤い服を着た紅実が立っている。ゴミ集積場に舞い降りた天使のようだ。

「ハルちゃん。お疲れさま」

天使の言葉に、僕は恥ずかしくて真っ赤になった。そんなこと言わないでくれ。見ただろう、あんなに自信たっぷりだったのに、世間にゃ通用しなかったんだよ。

「わざわざカッコ悪いとこ見せちゃったな……」

ハハハと卑屈に笑うと、紅実はううんと首を振った。

「私はおもしろかったよ。司会の人も言ってたじゃない。まだ十六なんだから、めげないでがんばってね」

「あ、あのな、でも……」

「こんなことで、やめちゃうようなハルちゃんじゃないでしょ。私もみんなも応援してるから」

ニッコリ笑うと、紅実は花束を僕に差し出した。おそるおそる受け取ったはいいが、なんと言ったらいいか、まるで言葉が出てこない。

「そろそろ帰らないと電車がなくなっちゃうから……。じゃ、ウメちゃんにもヨロシクね」

彼女はスカートの裾《すそ》をひるがえし、走って行ってしまった。僕は力が抜けて、その場にヘナヘナと座りこんでしまう。不覚にも、両目の奥がジンとして、涙が出てきてしまった。

「く、紅実ちゃん。ありがとうっ。好っきやで〜っ」

「好っきやで〜、だって。泣きながら何言ってんの、あんた」

キツい女の声が降ってきて、僕はびっくりして顔を上げた。

「あれが、あなたの彼女なの？　あんなヒラヒラ着ちゃって、子供のピアノ発表会みたいね」

曲げた腕を腰にあて、エラそうに立ちはだかっている女を僕はシゲシゲと見あげた。な、なんだこいつ。誰だっけ。そして僕は『あっ！』と声を上げる。そうだ、さっき審査員席でマイナス十点を出した女じゃんか！

女は床にしゃがんだままの僕を見下ろして、フフンと鼻で笑った。大人みたいなピンヒールをはいて、濃いめの化粧をしていたが、彼女はパッと見よりも若そうだ。それに、びっくりするほど美人だった。

「電車がなくなっちゃうって、まだ九時よ。あなたたち、どこ住んでるわけ？」

「……関係ねえだろ」

なんだこの女。せっかく美人なのに、見るからに性格悪そうだな。何者なんだよ。

「ねえ、どこ住んでんの？」

「しつこいな。千葉だよ。千葉の野川《のがわ》町」

「どこそれ？　知らなーい」

明らかに馬鹿にした口調で彼女は言った。

「まあ、電車なくなんないうちに帰んなさいよ」

オーホホホホッと、女は漫画の悪役のように高笑いをした。僕は頭にカッと血がのぼって立ちあがる。

「あんた、何様？」

「あら、怒っちゃった？」

「審査員だかなんだか知らねえけど、いい気になってんじゃねえぞ」

「超つまんない漫才コイといて、大きいこと言うじゃない？」

挑戦的に言われて、僕と女は睨《にら》みあった。嚙《か》みしめた奥歯がブルブルと震えるのは、本当のことを言われたからだろう。

「小春〜？　何してんだよぉ」

ウメの呑気《のんき》な声がして、僕はハッとした。廊下をやってきたウメを、女は左の眉《まゆ》を上げてチロリと見る。

「おやぁ？　小春ぅ、きれいなお姉さんと。何こっそり話してんのさ」

美人を見て条件反射でニッコリしたウメに、女は冷たい視線を投げた。

「ちょうどよかったわ。あなたたちふたりに、言いたいことがあったの」

女は人差し指を立てると、それをピッと僕らに向けた。ついギクリと後ろに下がってしまう。

「あんたたちのは、漫才でも何でもないわ。ただ自分たちでふざけているだけじゃない」

彼女は厳しい目をして、じりじりと迫ってくる。妙な迫力に、僕らは壁際まで追いつめられた。

「教室での内輪ウケのネタで、外のお客さんを笑わせられると思ってんの？　自分たちだけで勝手にふざけて、勝手に満足してるだけ。それでお金取ろうなんてお客も漫才も馬鹿にしてるわ！」

まくしたてる彼女に、僕もウメも絶句してしまった。当たっているだけに、反論する言葉が出てこない。こみあげてくるのは、悔しさだけだ。

「……て、てめえ～」

無意識のうちに唸《うな》っていた僕を、女はギロリと睨む。

「これに懲りて、つまんないおふざけは教室の中だけでやってよねっ。あんなの見せられちゃ審査するほうもたまんないわよっ」

吐き捨てるように言ったかと思うと、女はくるりと向こうを向いて歩きだした。

「おい、待てよっ！」

女はまた眉を吊《つ》りあげて、こちらを振り返る。

「偉そうなこと言うじゃねえかっ。おまえ誰なんだよ！」

我を忘れてわめく僕を、ウメが『よせよぉ』と袖《そで》を引く。女は肩をすくめると、不敵に笑ってポケットから何やら紙切れを取り出した。

「これ、あたしの父親」

顔の前に突き出されたのは、名刺だった。僕はそれを手に取って読んでみる。

『オントクプロダクション代表取締役・恩得栄太郎《おんとくえいたろう》』

僕は目をごしごしとこすった。オントクプロと言えば、アイドル、ロック歌手から司会者、お笑いタレントまで、有名人の宝庫と言われる大手の芸能プロダクションだ。

「あたし、パパに頼まれてお笑い系のスカウトやってるの。あたしがスカウトした人たちって外れたことないのよ。だから、パパもあたしの見る目を信用してるってわけ」

胸を張ってそう言ったかと思うと、彼女は茫然《ぼうぜん》とした僕から、名刺をピッと取り返した。

「あなたたちに、この名刺をあげるのは百年早いわね。終電に間にあうように走って帰りなさいよ」

わざとらしく、またオーッホホホホホッと高笑いをすると、女はスタスタ廊下を歩いて行ってしまった。

「げ、芸能プロがなんだ～っ！　ブリブリえらブリやがってっ！　馬鹿やろうぉっ！」

女の背中に叫んだ僕の捨て台詞《ぜりふ》は、最後には涙声になっていた。地団太を踏んで悔しがっている僕の横で、ウメは腕を組んでう～んと唸っている。

「なんとか言えよ、ウメっ。あんなこと言われて悔しくないのかよっ」

「やー、美人だなぁ。あんな美人はじめて見た」

僕はあっけに取られて、感心しているウメを見た。

「俺、ああいう高飛車《タカビー》な女ってスキよ。決めた、ちょっと行ってくんな」

「お、おい、ウメ？」

「オントクプロの娘なら、仲良くしといて損はないだろ。小春、今日のところは俺にまかせなさいっ」

「どこ行く気だよっ！」

歩きだしたウメを、僕は慌てて止める。

「決まってんだろ。あのタカビー娘とお近づきになってくる。ドーントウォーリー、ハルちゃん」

投げキッスを残して、ウメは楽しそうに廊下を走って行ってしまった。

ポツンと残された僕は、紅実にもらった花束に顔を埋め、大きく息を吐いた。

なんて日だい、まったくよおっ。


悪夢の夜が明けた次の日、僕は朝から携帯電話を片手に部屋の中をうろうろしていた。

紅実に電話をしようとしているのだが、いざかけようとすると、ボッと顔に火がついてしまうのだ。女の子に電話するのは苦手だ。しかも紅実は家の方針とかで携帯を持っていない。家の電話機にかけるなんて慣れていない。親が出たらどうしたらいいんだ。

意味もなくうろうろしているうちに、机の上に飾ったフリージアが目に入った。きのう、紅実がくれた花束だ。僕は醜態を見せた恥ずかしさで動揺して、ありがとうも言えなかった。せっかく花と優しい言葉をもらったのに。

僕は意を決して、発信ボタンに手をかける。紅実ちゃん、頼む。一発で出てくれよな。その瞬間、ピョロロロロンッ！　と電話が鳴りだした。

「わわっ！」

僕は思わず携帯をベッドに放って、壁へのけぞる。おそるおそるそれを拾うと知らない番号が表示されていた。

「はい、岡花ですが」

何だろうと思いつつ僕は電話に出た。

「わたくし、ホットメイトという事務所の吉岡《よしおか》と申します。おそれいりますが、小春さんの携帯電話でよろしいでしょうか？」

やたら丁寧な男の声が聞こえてきて、僕はちょっと舌打ちする。こういうバカ丁寧な電話はたいていろくな用事じゃねえんだ。

「僕が小春ですが、英会話の勧誘でしたら間に合ってますよ。洗剤も羽毛ふとんも実印もいりませんからね」

僕のつれない台詞《せりふ》に、バカ丁寧男は慌てたようにこう言った。

「その手のお話じゃありません。まだご存知ないかと思いますが、わたくしどもホットメイトは昨年できた芸能プロダクションです」

「最近は、芸能プロもセールスしてるの？」

「ですから、怪しげなセールスではございません」

男はゴホンとひとつ咳《せき》をし、

「昨日のお笑い新人コンテスト、拝見させていただきました」

こちらの反応を窺《うかが》うかのように、ゆっくりそう言った。自信たっぷりな彼の口調に、僕は首をかしげる。いったいなんの用なのだろう。

「……で？　自己満足だけのおふざけは教室の中だけにしろって？」

「何を言ってるんですか。私は、大春小春のコンビがとても気に入りましてね。ぜひ、私どもの事務所と契約していただけないかとお電話さしあげたのですよ」

僕は携帯を耳に当てたまま、天井を見あげた。どう返答しようか、たっぷり一分考える。

「間に合ってます」

出てきた台詞はそれだった。だってそうだろ。どうして芸能プロが、過去最低点の僕たちをスカウトすんだよ。研修とかなんとか言って、僕たちから金まきあげる気なんじゃない。

「インチキ芸能プロだと思ってらっしゃる？」

「ズバリ」

「大変な誤解だ。うちは確かに弱小事務所です。有名なタレントもいない。だからこそ有望な新人を育てたいのに」

「だって、僕らの漫才を見たんだろ?」

「見ました。あれがウケなかったのは、審査員やお客さんに見る目がなかったのです。今までにないタイプの笑いだったので、ついてこれなかったんでしょう」

今度は僕は天井を見なかった。わざとらしい言葉だったけれど、褒められて悪い気がする奴はいない。

「とにかく、一度会っていただけませんか。インチキだと決めるのは、話を聞いてからでも遅くないでしょう」

男の熱心な声に、僕の気持ちはピサの斜塔のようにクラリと傾く。そうだな、話ぐらい聞いてみてもいいかもしれない。

そう告げると、相手はこっちが恥ずかしくなるぐらい喜び、日時と場所は僕の都合のいい時でかまわないと言った。ウメの都合も聞かないとならないので、僕は夜にでも電話をしますと言って電話を切った。

電話を置いたとたん、からだの奥からポワーッと何かがこみあげてくる。僕は正直言って嬉《うれ》しかった。スカウトだ、スカウトだぜ。

まだ、ちゃんとしたプロダクションかどうかわからないから手放しには喜べないけど、スカウトされたという事実が、僕には本当に嬉しかった。もし、本物の芸能プロだとしたら、またとないチャンスだ。

置いたばかりの電話を、僕は見下ろす。もしかしたら、とことんツイてない僕にも、ツキが回ってきたのかもしれない。よっしゃ、この勢いで紅実ちゃんにラブコールだぜっ。

すっかり汗をかいてしまった手で携帯を取り、僕は登録してあっても一度もかけたことのない紅実の家の番号を押した。呼び出し音が鳴りはじめる。

「あ、あの、ささ斉藤さんのお宅ですか？」

「あれ～？　もしかしてハルちゃん？」

聞き慣れたその声に、僕はからだの中の力がドッと抜けた。く、紅実ちゃん。出てくれてサンキューッ。

「そう、もしかしてハルちゃん」

「もしかしなくてもハルちゃんでしょう？」

「うん。きのうのお礼を言おうと思ってさ。せっかく花もらったのに、すっごく動揺してたてありがとうも言わなかったなって思って」

「そんなのいいのに。少しは元気出た？」

「出た出た。三池《みいけ》炭鉱の月ぐらい出た」

紅実はクスクスと笑う。

「紅実ちゃん、何してたの？」

「私？　暇でゴロゴロしてた。ハルちゃんは？」

「おいらは紅実ちゃんに電話しようかどうしようか迷って、朝からずっと部屋の中をうろうろしてた」

「うっそでしょ。ね、暇ならお茶でもする？」

僕は耳を疑った。い、今、なんと言いましたっ？

「どしたの？　ハルちゃん。あ、用事があるならべつにいいよ」

「な、ないないないないないっ。全然ないっ」

「アハハ、じゃあ、あとでね」

紅実は待ち合わせの喫茶店の名前を言うと、『ヨーイドンッ！』と言って電話を切った。

「ウオオオオーッ！」

叫びながら僕は階段を駆け下りる。

「うるさいっ！　馬鹿息子っ！」

母ちゃんの怒鳴る声を聞きながら、僕は着ていたジャージをあたふたと脱ぎ捨てた。ものすごい勢いで風呂場《ふろば》に飛びこんでシャワーを浴びる。

紅実ちゃんがお茶に誘ってくれるなんてっ！　なんてこったいっ。こいつは春から縁起がいいじゃございませんかっ。

バスタオルを腰に巻いて自室に駆け上がる。タンスをさぐって一番新しいパンツを選んではいた。自分でも馬鹿だなぁと思いながら、机の引き出しに隠してあるコンドーさんも捜した。

紅実を襲おうと思っているわけではなかったが、あまりにバイオリズムが上向きで、僕はこわかったのだ。もしかして勢いでってこともあるかもしれない。そう思ってしまう、悲しい男の性《さが》だった。

僕と紅実の家のちょうど中間地点ぐらいに高校があって、その近くの喫茶店で僕らは待ち合わせたのだ。

チャリンコをかっ飛ばしてきたのに、店に着くとすでに彼女は来ていた。窓際のテーブルに座り、僕を見るとニッコリ笑う。

「は、早いな。紅実ちゃん」

肩で息をしながら、僕は紅実の向かい側に座った。

「そうかな。電車がすぐ来たから早かったのかもしれない。ハルちゃんは急いだわりには遅かったみたいね」

「コンドームが見つからなくて」

「やあね、やめてよ」

アハハハと笑い飛ばす紅実に、僕は心の中で頭を下げた。ごめんなさい、本当なんです。

「紅実ちゃん、お正月は何してたの？」

「ん、普通。お餅《もち》食べてテレビ見て、お年玉もらって、家族で初詣《はつもう》で行った」

「サザエさんちみたいでいいなあ」

「え〜？　普通すぎない？」

カフェオレのカップを両手で持って、紅実は髪を揺らして笑った。ううっ、なあんてかわいいんだっ。

僕と紅実は、とりとめのないことを長い時間話した。さっき電話で彼女に誘われた時は、勢いでいいことできたらいいな、なんて思ったのに、いざ紅実を前にしてみると、そんな邪念ははるか天空に飛んでいってしまった。

僕がくだらない冗談を言う。紅実が笑う。紅実も冗談を言う。僕も笑う。彼女の笑顔が目の前にあるだけで、僕は三国一のしあわせ者だと思った。僕、このままでいられるならなんにもいらない。一生エッチなんかしなくてもいい。そんな気分になってしまった。

「ね、またコンテスト出るんでしょ。昨日の帰り『ハルちゃんとウメちゃん、めげないといいね』ってみんな言ってたんだよ」

「あ、うん。メゲてなんかないよ。でもコンテストはどうかな……」

「もう出ないの？」

キョトンとした紅実に、僕はスカウトの話があったことを、言おうかどうしようか迷った。ま、紅実ちゃんにならいいかな。

「実はさ、紅実ちゃんに電話する前にホットメイトっていう芸能プロから電話がかかってきて、昨日のコンテスト見たって言うんだよ」

「うん」

「で、僕たちのこと気に入ったから、契約してほしいって」

彼女の大きな目が、さらに大きく開かれたかと思うと、紅実はパカンと口を開けた。

「えーーっ！　それってスカウトっ⁉」

悲鳴に近い大声に、店中がこっちを振り向いた。紅実は慌てて口をつぐむ。

「す、すごいじゃないっ。ハルちゃん。もしかしてデビューするのっ？」

「僕より興奮してんなあ」

「だってだって、スカウトだよっ。ハルちゃんの夢かなうんだよっ」

「まだ、わかんないよ。その事務所もちゃんとした事務所かどうかわかんないし。会って話聞いてみないとさ」

「そっかあ。でもおめでとうっ。テレビとか出れるといいねっ」

照れて平静を装う僕に、彼女はパチパチと拍手をしてくれた。自分のことのように喜んでくれた紅実を見て、僕は三国一どころか世界で一番しあわせ者になった気がした。

喫茶店を出ると、冬のおひさまは早々と西の山へ隠れようとしているところだった。

「家まで送ってこうか？」

自転車のキーを外して、僕は紅実を振り返る。僕は自転車で来たけれど、紅実はひと駅電車に乗って来たのだ。

「ううん、いい。私のうちって、お父さんがすっごく厳しいの。男の子と歩いてるところなんか見られたら大変なんだ」

「そうなんだ……じゃ、駅まで送ってくよ」

僕と紅実は国道沿いの歩道を並んで歩きだした。厳しい父親かぁ、こりゃまいったね。好きな女の子の父親は、大蛇よりも心霊写真よりも一か月前の牛乳よりもこわい存在だ。

「厳しいって、どのくらい厳しいの？」

それとなく聞くと、紅実は眉《まゆ》をひそめた。

「男の子から電話がかかってきたりすると、用事も聞かずに切っちゃうのよ。もちろん携帯電話なんてとんでもないって」

男の子から電話？　うーん、やっぱ僕以外にも男から電話がかかってくるんだ。くそっ。

「男なんてみんな狼だ、ケダモノだ、紅実は一生嫁になんかやらんって言ってんの。自分だって男なのにね。変なの」

唇を尖《とが》らせて、紅実は文句を言った。怒った顔もかわいいじゃございませんか。

「心配なんじゃない。ひとり娘だから」

「心配するにもほどがあるわよ。私だって、もうすぐ十七になるんだから、好きな男の子ぐらいできるわよ」

言ってしまってから、紅実はハッとしたように口をつぐんだ。はにかんだ表情で、彼女は巻きつけたマフラーに顎《あご》を埋めた。

な、な、なんだっ、この反応はっ。自転車を押す両手が、心なしか震えてしまう。

もしかして、好きな男の子って、僕のことだったりして？

ふたりの間を木枯らしがピュッと吹き抜け、前を歩く女の子たちのスカートの裾《すそ》を揺らした。

「……寒いね」

「お、おう。さみいな」

なんだか会話がぎこちなくなってしまった。紅実が白くこごえた自分の手にハアと息をふきかけるのを見て、僕はありったけの勇気をかき集めた。

「手袋持ってこなかったの？」

「え？　あ、うん」

「僕のポケット、手ぇ入れていいぞ。ホカロン入ってるから」

彼女は一瞬とまどったが、その顔はすぐ笑顔になった。そっとからだを寄せると、紅実は僕のパーカのポケットに手を入れた。

寄り添って歩く冬の歩道は、僕の心を一気に春にした。なんてこったいっ、いい雰囲気じゃございませんかっ。

紅実は僕のことが好きなんじゃないだろうか。勝手にそんなわけないって決めつけてたけど、よく考えれば思いつく節はたくさんある。今日だって、ほかの友達も呼んだってよかったのに、僕とふたりでお茶してくれたし、きのう花をくれた時だって、ウメじゃなくて僕だけ呼んでくれたもんな。

紅実も僕のことを、好いてくれてるんだ。そう思うと、僕は夕暮れの空に向かってバンザイ三唱、三々七拍子で三本締めをしたい気持ちだった。

いやいや三々七拍子なんかしてる場合じゃない。こういういい雰囲気の時こそ『紅実ちゃん、ここはひとつつきあってください』とお願いするんだ、小春っ。

そこまで考えてしまったら、心臓がいつもの倍のスピードで動きはじめた。からだ中の血がジェットコースターのようにぶんぶん回っている。

「く、紅実ちゃん」

「ん？　なに？」

あどけない彼女の目が、僕の顔を見あげた。彼女の背中からピカーッと後光が射すようで、目がチカチカしてしまう。

「き、きのうの夜中、おいら息苦しくて目が覚めちゃったんだ」

「どして？　具合悪かったの？」

「鼻水が凍って、息ができなかったんだ」

笑われてしまって、僕はポリポリと頭をかいた。駅に着くまでに言おうと思ったのに、僕の口から出た言葉は、意味のない冗談だけだった。しようがない、別れ際にさっとさりげなく言おう。僕は前から紅実が好きだったんだ、彼女になってほしいんだって。

僕のポケットから手を抜いて、紅実はバッグから定期を取り出す。ニッコリ笑って僕に向きなおった。

「今日はどうもありがと。また新学期にね」

「あ、うん。あのな、えっと」

言うぞ、ちくしょうっ。一、二の三で言うんだ、紅実ちゃん、好っきやでえっ。

「小春！　小春じゃないのよ！」
一、二の三で息を吸ったところで、僕は背中を嫌というほどドツかれた。思わずゲホホッとむせてしまう。
「何やってんの。あんた、からだ弱いんじゃない？　やっだ、女の子といっしょなの？　生っ意気」

「ん？」

「ね、姉ちゃんっ！」

そこには、僕の姉サクラが立っていた。波うった長い髪にミニのワンピース、道行く男がみんな振り返る売れっ子セクシーアイドルの僕の姉が。

「ちょっと、小春。このかわい子ちゃんは彼女？　紹介しなさいよっ、紹介っ」

目の前が真っ暗になった。まるで、愛人のホステスが自宅に押しかけてきてしまった中年オヤジのように、僕はうろたえる。

「な、なんだねきみはっ。変ないいがかりはやめたまえっ」

「誰にもの言ってんのよっ。彼女の前だからってカッコつけんじゃないわよっ」

「え〜い、このクレイマーめ！」

「誰がクレイマーだって!?」

エキサイトしてしまった僕たちの横で、茫然《ぼうぜん》としていた紅実が『あのお』と割りこんできた。

「ハルちゃんのお姉さんですよね？」

髪をつかみあったまま、僕とサクラは紅実を見下ろす。僕は姉から手を離すと、紅実の肩に手を置いて頭を垂れた。ああ、こんな時に一番会わせたくない奴が現れてしまうなんてっ。

「紅実ちゃん、すまない。こいつが僕の姉ちゃんなんだ。許してやってくれ」

僕の台詞《せりふ》に、パカンと後頭部をサクラが叩《たた》いた。

「さっきから失礼しちゃうわねっ。人を黴菌《ばいきん》みたいに」

「そうよ。ハルちゃん、失礼よ」

紅実の言葉に僕は顔を上げる。紅実は僕の手からするりと抜けると、姉のほうを向いた。

「私、サクラさんの出てるテレビ見てます。綺麗《きれい》な方だと思ってたけど、実物はもっと綺麗ですね」

「あらそうかしら〜」

「はい。お会いできて嬉《うれ》しいです」

つりあがっていたサクラの目尻《めじり》が、デレッと下がってくる。サクラは人に綺麗だとか素敵だとか、チヤホヤされるのが大好きなのだ。

「そう、小春と同じクラスなの。あの子ってテンション高すぎでしょう?」

「そんなことないですよ。ちょっと人より高めなくらいです」

気を良くした姉と紅実は、十年来の友達みたいに仲良くなってしまった。僕はふたりの横で引きつった笑顔を浮かべているしかなかった。


紅実が手を振って改札へ消えてしまうと、サクラは『ほえ〜』と言って首を振った。

「なんだよ」

「あんなかわいい子が、小春の彼女だなんて」

「彼女じゃないよっ」

「やっぱし?　でも狙ってんでしょ」

僕は姉の質問に答えず、ポケットに手を突っこんで歩きだした。

「なによぉ、そんなプリプリしなくたっていいじゃない」

「べつに怒ってねえよ」

「怒ってんじゃない。そっか、キスでもしようと思ってたとこだったのか」

あっけらかんと言うサクラに、僕はため息をついた。突然の姉の出現で動揺したのもあったけど、僕がガックリきてるのは、結局好きだと言いだせなかった自分が情けなかったのだ。

停めてあった自転車のキーを外すと、当然という顔で姉は荷台に腰を下ろした。僕も黙って自転車にまたがり、暮れてしまった街へペダルをこぎだす。

「いい子じゃない。あの紅実ちゃんって子」

背中から姉が歌うような声でそう言った。

「お世辞にしても、ああ言われると悪い気はしないわねえ」

「お世辞なんかじゃないよ」

「あら、そう？　えへへへへ」

サクラは自分が褒められているんだと思ったようだが、僕は紅実を褒めたのだ。紅実はおべっかを使うような子じゃない。サクラのことを本当に綺麗だと思ったからそう言ったんだろう。サクラは実際、僕の姉とは思えないくらい綺麗だった。

「いつも急に帰ってくんな、姉ちゃんは」

「まあね。お正月帰れなかったからさ」

「母ちゃんがブーブー言ってたぜ。正月なのに連絡もよこさないって」

「急な撮影だったんだもん。しようがないわ」

サクラは仕事の都合上、都内にある事務所やビジネスホテルで寝泊まりすることが多く、家に帰ってくるのは週に一日か二日だ。稼ぎがいいんだから、東京でひとり暮らしでもすればいいのに、なぜかサクラは家を出ようとはしなかった。

「お父さんとお母さんは？　あいかわらず？」

「あのまんまフリーズしてるよ」

自転車の後ろで、姉がケタケタと笑う。子供の時と変わらない、サクラの明るい笑い声を聞くと、なくしていた元気が少しもどってきた気がした。僕はけっこうこれでサクラが好きなのだ。

姉と弟が、仲良く楽しい気分で帰宅したというのに、玄関を開けたとたん僕たちを迎えたのは母の不機嫌な顔だった。

「サクラッ。帰ってくるならどうして電話ぐらいしないのよっ」

「だって、急に休みがもらえちゃったんだもん。いいじゃない、自分ちなんだから」

「ご飯の用意とかあるでしょっ。まったくお正月だっていうのにフラフラしててっ」

「はいはい、すみませんね。ねえ、お風呂《ふろ》わいてる？　入っていい？」

「もうすぐご飯ですよっ、そのギャルみたいな服は着替えてらっしゃいっ」

「オッケー、オッケー」

サクラは母の小言にはすっかり慣れっこだ。適当にあしらうと、二階の自分の部屋へ上がっていった。

その夜、我が家のダイニングには、久し振りに家族四人がそろった。風呂から上がってきた父は、サクラのますます濃くなってきたアイメイクを見て一瞬ひるんだようだが、黙ったままテーブルに着いた。

カチャカチャと食器が触れ合う音と、テレビのニュースの声が部屋に響く。せっかく家族がそろっても、漂う雰囲気は気まずさだけだ。いつからうちは、こんなふうになっちゃったのかな。

「……サクラはいつまであんな仕事をする気なの？」

沈黙を破ったのは母ちゃんだった。

「いつまでって言われても、そんなのわかんないわよ。売れなくなったらやめるわ」

のんびりしたサクラの言い方は、かえって母を挑発しているように聞こえる。

「お金になるなら裸になる。売れなくなったらやめる。それでその後、どうするつもりなの？　世の中そんなに甘くないのよ」

「お母さんに言われなくても、甘くないことぐらい知ってるわよぉ」

「何言ってんのっ、あんたもうどこにもお嫁に行けないのよっ！　わかってんのっ！」

母のヒステリーな叫び声の下で、父と姉と僕は黙々と箸《はし》を動かした。それがまた母ちゃんの気にさわってしまったらしい。

「あんたたち、私のこと馬鹿にしてるでしょ！　うるさいババアだと思ってんでしょ！　うるさいのが嫌だったら、サクラも小春も少しはまともな人間になってちょうだいっ！」

僕と姉は顔を見合わせる。一度母のヒステリーに火が点《つ》いてしまうと、燃え尽きるまでわめきつづけるのだ。ああ、うんざり。

「あなたもあなたですよっ！　いっつも知らん顔してっ！」

味噌汁《みそしる》をすすっていた父ちゃんの肩が、ビクッと震えた。

「父親がビシッと叱らないから、子供がボンクラになるんですっ！　あなたのせいですよっ！」

僕はそこで箸と茶碗《ちゃわん》を置いた。すっくと立ちあがると、黙ってダイニングを出る。

背中で母が何か叫ぶのが聞こえたが、僕はダンダンと足を鳴らして階段を上がった。

あんな父親の姿を、息子の僕は見ていたくないのだ。母にせっつかれ背中を丸めてションボリしている親父の姿なんか見たくない。

部屋のドアを力まかせに閉めると、僕は畳の上に転がった。部屋の天井をいらいらがまわっている。

子供の頃、僕は父親が好きだった。いつもいっしょに遊んでくれる優しい父が大好きだった。でも、父の優しさが〝情けなさ〟だったと気がついたのは、いつの頃だったろう。父には希望がない、大志がない、野望がない。ただなんとなく仕事に行って、なんとなく生きてるだけの人なんだと僕はやがて気がついた。

ああいう大人にだけはなりたくないと、僕は心の底から思ったんだ。人生のステージに立つことなど、あの人には思いつきもしなかったんだろう。僕はいやだ。人生の観客になるのはいやだった。

まともじゃないと言われても、ボンクラと言われても、死んだ目をしてノラクラ生きていくのだけはいやだ。

僕はガバッと起きあがり、机の上に置いてあったメモを手に取った。ホットメイト・吉岡と書かれた電話番号を、僕はじっと見つめた。

# 3

「やっぱ、俺たちおもしろかったもん。見る人が見ればわかるんだよな～。な、デビューするんなら芸名変えない？　大春小春じゃやっぱりダサいよ」

東京に向かう電車の中、ウメは無邪気にはしゃいでいる。握っていた吊《つ》り革を放して、僕はウメの頭をポコンと叩《たた》いた。

「コンテストの時は、俺たちってまだまだだぜって言ってなかったか」

「そうだっけ？　とにかくスカウトされたんだ。デビューしてしまえばこっちのモンよ」

「あのな～」

どこまでも屈託のないウメに、僕は頭をボリボリかいた。スカウトがあったことを、ウメに伝えた時、彼は手放しで大喜びした。まだ何も話を聞かないうちから、デビューだ芸能人だと舞いあがっている。

「おまえ、少しは世間様を疑《うたぐ》れよ。芸能プロだっつっても、登録金ガッポリ取られてハイそれまでよってこともあんだぜ」

「わかってる、わかってる」

「本当かよ。いいか、ウメ。やたらおいしいこと言われても、迂闊《うかつ》に返事すんじゃねえぞ。怪しいと思ったら逃げるからな」

「ヘイヘイホー」

今日、一月七日。ホットメイトの吉岡という男と、僕たちは会う約束をした。ウメにしつこく釘《くぎ》を刺しているのは、僕も内心うかれているからだ。パンパンに膨らんだ期待から、少し空気を抜いて余裕を持たないといけない。そう自分に言いきかせないと落ち着かないほど、僕も舞いあがっているのだ。

「しっかしなぁ、本当にスカウトが来ちゃうんだもんなぁ」

同じことを何度もウメは口にする。嬉《うれ》しいのはわかるけど、少しは落ち着いてくれよ。

「スカウトが来るんなら、何もあの子と急いですることなかったなぁ……」

楽しそうなウメの独り言を、僕は聞き逃さなかった。

「今なんつった、ウメ」

「へ？　べつに」

「あの子と急いでることはなかっただと？　どの子と急いで何したって⁉」

僕は隣に立ったウメの耳を、ギュッと引っぱった。

「いてっ。やめてよ、ハルちゃん」

「まさか、あの恩得プロのタカビー娘か？」

「まさかも赤坂《あかさか》もないよ。ちょっと飲んだ勢いでさ」

掌《てのひら》を口に当てて、ウメはウヒヒヒと笑った。

「さ、最後まで⁉」

「安心して。避妊したから」

「ひ、避妊すりゃ何してもいいと思ってんのかっ、てめえはっ！」

そこで僕たちの前に座っていたおばちゃんがスッと立ちあがった。露骨に僕の足をギュッと踏んづけると『あら、ごめんなさい』と厭味《いやみ》を置いて隣の車両に歩いていく。

お、おい、おばちゃん。天誅《てんちゅう》を下す相手がまちがってるぜ。悪さしたのはこいつだこいつ。

「笑ってんじゃねえ、ウメっ。誰のせいだっ」

真っ白に洗ったバッシュに、くっきり足跡をつけられた僕の足を見て、ウメはのけぞって笑っている。

「世間様には、小春のほうが悪いことしそうに見えるんだろうな」

「ちくしょうっ。おめえなんか淡泊そうな顔してセックスデビルのくせにっ！」

「おやおや、言ってくれるわね」

僕がわめきちらしても、ウメには全然こたえていない。きっとこの男は誰に何を言われても平気なんだろう。緊張したことも失望したことも、恋したこともない男には、何を言っても無駄のようだ。

「それにしても、あのタカビーとねえ……。付きあうのかよ？」

「まさかー。でもあの子、けっこういい子だぜ。ホテル行こうって言ったら『うんいいよ』だって」

「ウメは、すぐ寝てくれる女なら、みんないい子なんだろ」

「ま、ずいぶんねーっ。あたしってそんな男に見えるぅ？」

ふざけてクネクネしてるウメを、僕は苦い思いで見た。ウメもウメなら、タカビーもタカビーだ。会ったばかりで簡単にホテルなんか行くなよっ。自分を聖人君子だとは思わないけれど、僕は絶対そんなことはしない。好きでもない女に、手を出したりはしない。

そんなことをウメに言ったら『ハルちゃんはチェリーボーイだからさ』と笑うだろうか。

ああ、なんだか腹が立つっ。

ホットメイトの吉岡という男は、思ったよりもずっと若く、ずっと感じのいい男だった。待ち合わせの喫茶店に僕らが入ると、流行《はや》りの形のスーツを着た男が、立ちあがって頭を下げた。会社の研修で習うような立派なお辞儀をしたその男が吉岡だった。

「お呼び立ていたしまして」

彼は名刺を取り出すと、隙のない態度でそれを僕らに手渡し、さあどうぞどうぞと椅子を勧めてくれた。こんなに丁寧な扱いを受けるとは思ってもいなかったので、僕とウメは顔を見合わせる。

「先日はお電話で大変失礼いたしました」

「あ、いえ。僕のほうこそ失礼なこと言ってしまって」

「いいんですよ。最初っから信用しろと言うほうが無理なんですから」

吉岡は鼻の下に伸ばしたヒゲを指で触って微笑んだ。パッと見た感じは三十歳くらいだが、ヒゲを取ってカジュアルな格好をしたらもっと若く見えそうだ。

「あの〜、僕たちいつデビューできるんでしょうか」

ウメが横から間の抜けた質問をする。吉岡は笑うどころか、大真面目な顔で頷《うなず》いた。

「私たちホットメイトは、才能ある若い人に活躍の場を持ってもらおうと思っています。できたばかりの貧乏事務所ですから、大物のタレントを引っぱってくる力もお金もありません。ですから、私たちの目で選んだ若い方を、大きく育てていくしかないのです」

僕とウメは、神妙に彼の話に耳を傾けた。

「最初は、テレビやCMのエキストラなどをお願いすると思います。そこで光るものがあれば、必ずあちこちから声がかかるはずです」

「そんな上手《うま》くいくもんでしょうか？」

僕の質問に、吉岡はニッコリ微笑んだ。

「それはわかりません。私たちは新人の方を育てるのに全力を尽くすし、あなた方も与えられた仕事を、百二十パーセントの力を出してやってください。それで駄目なら仕方ないでしょう。違いますか？」

目を覗《のぞ》きこまれて、僕はちょっとドギマギしてしまった。吉岡はそんな僕を見て、人の良さそうな笑みを浮かべる。いろんな種類の笑い方ができる奴だなと僕は思った。

「ふたりとも、まだ十六歳でしたよね」

「……はい」

「きっと、金だけ取られてドロンだとか、危ない仕事をさせられるんじゃないかと思ってるでしょう」

僕は彼の言葉に笑おうかどうしようか迷った。思ってないと言えば嘘になる。

「用心することはいいことです。芸能界なんて、落とし穴だらけだ。私も、きみたちの信用を得るには時間のかかることぐらい、最初から承知しています。小春君なんて、隙あらばそのコーヒーを私にぶっかけようとしている」

今度は僕は笑った。

「登録料も取らないし、ギャラの上前をはねたりもしない。そのかわり、契約金なんてないからね。それでもいいですか？」

『いいですか？』と聞かれたら『はい』と言うしかないような気がして、僕は頷いた。

吉岡は満足そうに笑うと、これからテレビ局へ行く用事があると言って、先に喫茶店を出ていった。

僕とウメは、交通費だと吉岡が置いていった茶封筒を慌てて開けた。ピンと張った一万円札が一枚入っていて、僕らはまた顔を見合わせた。

夕暮れの新宿《しんじゅく》の雑踏を、僕は人の肩を避《よ》けながら黙々と歩いた。もらった一万円札を見て、あの吉岡って男を信用していいんだか悪いんだか、まったくわからなくなってしまった。実際感じのいい男だったし、スターにしてやるなんて大きいことを言わないところも信用できる。だのに、なぜか引っかかるもんがあった。

「よーよー小春。黙っちゃってどしたのさ？」

ズンズン歩く僕に、後ろからウメが聞いてきた。

「ん〜。ウメ、あの吉岡って男どう思う？」

「どうって、ちょっとうさんくさいかもな」

「おまえもそう思う？」

振り返った僕に、ウメは首を大きく振った。

「いいかげんにしろよ、小春」

「……え？」

「おまえが騙《だま》されないように用心してるのもわかるけどさ、俺たちなんか大きい芸能プロが相手にしてくれるわけないだろ」

いつもフニャフニャして愛想のいいウメが、珍しくムッとした顔で僕の肩を小突いた。

「コンテストじゃ最低点、大手の芸能プロは見向きもしない俺たちがデビューしようと思ったら、多少うさんくさくても小さいとこにかけてみるっきゃないじゃんよ。駄目でもともとなんだからいいじゃないか。ウジウジしてんなよ」

ウメの台詞《せりふ》があんまりそのとおりなんで、僕はポケットに手を入れてうつむいた。確かにそうだ。これを逃したら、今度いつチャンスがやってくるかわかんねえんだよな。

「悪かったよ、ちょっと弱気になってたんだ」

僕はポケットにしまった一万円札を取り出すと、ひらひら振ってみせた。

「景気づけに、これでパーッと行きまっか」

「それがさー小春。俺これから行くとこあるんだよ。な、いっしょに行かない？」

ウメはすりすりとすり寄ってくると、僕の肩を抱いた。こいつがベタベタしてくる時は、なんか無理なお願いをしたい時だ。

「どこ？」

僕は唸《うな》るように聞く。

「恩得プロのタカビーちゃんち」

「アホぬかせ。やなこった」

「なななななっ。頼むっ。お願い、いっしょに来てっ」

「ああいうタイプの女が一番きらいなんだっ。今度会ったら飛び膝蹴《ひざげ》りを食らわしてやろうと思ってるんでいっ」

「食らわせてやっていいからさ。お願い、いっしょに来てくれよ。俺ひとりじゃたまんねえよ」

両手を合わせて頭を下げているウメを、僕はしげしげ眺めた。

「……そんなに激しいのか、あの女」

「変なこと考えてない？　ハルちゃん」

「うん」

「違うよ、そんなことじゃなくてさ。今日さ、あの子の部屋の模様替えを手伝う約束しちゃったんだ。金持ちのお嬢さんだろぉ、すっごく重そうな家具がいっぱいあってさ」

僕は肩をすくめて、ポケットに手を入れた。

「勝手に尻《しり》に敷かれてな。僕は帰る」

「ハルちゃん、捨てないでっ。僕たちいつまでもいっしょだって言ったじゃなあい～」

歩きだした僕をウメは道路に崩れてすがった。道行く人が、好奇の目で振り返る。

「てめえ、人が見てるだろ」

「だってだって、ハルちゃんが僕を捨てようとするんですもんっ」

「わかったよっ！　行ってやるよっ！」

僕は地面につっ伏して嘘泣きをしているウメを、拳《こぶし》でボコンと殴った。

「そうこなくっちゃね。やっぱ、小春はいい奴だなあ」

平気で泣き真似をやめると、ウメは立ちあがって歩きだす。ちくしょうっ、こいつ、最初っから僕を引っぱっていく気でいたな。

「あの女、どこに住んでんの？」

「西麻布《にしあざぶ》。ひとりで優雅にマンション暮らし」

「げ～。ますます嫌いになりそう」

僕とウメは、地下道へ降りて地下鉄の改札へ向かった。

「ウメが、年上の女に命令されるのが好きだとは思わなかったな」

「あれ〜、言わなかったっけ？　あの子同い歳だよ。高校二年」

「う、うそっ⁉」

「ホント。花ノ国《はなのくに》女学院」

ウメはあっさり名門女子高の名前を言った。僕はすっかり気分が落ちこんでしまう。同じ歳なのに、住んでるところも学校もナイアガラの上と下ぐらいの落差がある。生まれた星の下《もと》で、こうも人生は違うのだ。コンテストひとつにしたって、向こうは審査するほうで僕は審査される側だ。不公平だ、あまりに不公平だ。ニッポンは貧富の差がない国だって、学校で習ったはずなのに。

「そんなドンヨリすんなよ、小春」

「けどよ〜、なんか悔しいじゃんか……」

「本物のブルジョアとお近づきになれたんだ。せいぜい恩恵に与《あず》かろうぜ」

ウメは僕の背中をバンバン叩《たた》いて、ワハハと明るく笑った。卑屈な気持ちのかけらもないウメが僕は少し羨《うらや》ましくなった。

西麻布にドーンと立つ、超近代的なマンションを僕は口を開けて見あげた。いくら金持ちの娘だからって、高校生がこんなところに住んでりゃ性格も悪くなるはずだと僕は変に納得する。

オートロックの玄関をウメがインターフォンで開けてもらい、ぴかぴかのエレベーターに乗り、彼女の部屋のチャイムを鳴らすと、先日のタカビー娘が『遅かったじゃないっ』と言いながらドアを開けた。

「あら、あなたも来たの」

それが僕に向けられた、彼女の第一声だった。喉《のど》まで出かかった罵声《ばせい》を、僕はなんとか飲みこむ。口のきき方も知らない馬鹿女と本気で喧嘩《けんか》してもしようがない。

彼女に続いて僕らは、部屋へ上がる。リビングへ入ると、そこはやたらだだっ広く、まだ包装の解かれていない家具が部屋の中央にいくつも置いてあった。

「この前来た時の家具は？」

目を丸くしてウメが彼女に聞く。

「あれは全部カントリー調だから、売り払っちゃった。今度はエスニック風にしたいの。今晩中に全部片づけちゃいたいから、がんばってね。まず、絨毯《じゅうたん》から敷いてくれる？」

彼女は僕とウメにエプロンを投げてよこすと、自分はキッチンのほうへ消えていった。

「じゃ、やろうか、小春」

ウメは上着を脱いでエプロンをすると、絨毯の包みをバリバリと開けだした。僕は本気で、あの女に真空飛び膝蹴りを食らわせてやろうかと思った。だが僕が帰ってしまったら、結局ウメがこれを全部片づけるんだろう。そう思うとかわいそうで帰れない。僕も無言でエプロンをし、シャツの袖《そで》をまくった。

「三日前までは、ご自慢のアーリーアメリカン風インテリアだったんだぜ」

「飽きたから全部売り払って、今度はバリ島風か？　いい気なもんだな」

僕はバリ島のスタンプが押してある航空便の箱を開けながら、大きなため息をつく。モアイ像みたいな変な石像は、ウメとふたりで持っても腰が砕けそうに重かった。

タカビー娘は時おりキッチンから出てきて、あのテーブルはこっち、その花瓶はあっちと僕たちを引っ越し業者のように使った。お茶を出すどころか、ご苦労さまも言いやしない。ああなんでこの僕が、あんな馬鹿女の奴隷になって、うんこら働いてるんだろう。ウメのせいではあるけれど、僕はもっと見えない世の中の仕組みに動かされているような気がしてならなかった。世の中は、使う人間と使われる人間で成り立っているのだ。

お嬢さまの納得のいくように部屋が片づいたのは、もうすっかり遅い時間だった。僕とウメは空腹と疲労で、ヘナヘナと床に座りこむ。

「ねえ、カレー食べる？」

ナマコのように床に転がった僕たちに、彼女はつっけんどんにそう聞いた。一刻も早く、この生意気な女を蹴《け》ったくって帰りたいはずなのに、カレーと聞いて僕の胃袋が素直にグーッと鳴いた。

彼女はできあがったばかりの〝エスニックルーム〟のテーブルに、食器やお鍋《なべ》を持ってきて、僕たちにカレーとサラダを出してくれた。

「うまいな、これ」

ひと口食べて、ウメが彼女にそう言った。

「そう？　ちょっと煮込みが足りない感じなんだけど」

「そんなことない。すごくうまいよ。な、小春？」

同意を求められて、僕は曖昧《あいまい》に頷《うなず》く。嫌いな女の作ったインド風のカレーは、びっくりするぐらい美味《おい》しかったのだ。美味しいから余計腹がたつ。

「梅太郎、おかわりあるよ。食べる？」

「うん。ください」

ウメとタカビー娘が、仲良く話しているのを見て僕は内心驚いた。ウメから聞いた話で、ふたりは遊びでホテルへ行っただけだと思っていた。まさか、こんな恋人同士みたいに仲がいいとは思いもしなかった。

セーター姿にギンガムチェックのエプロンをかけた彼女は、この前会った時よりもだいぶ感じがいい。それに、僕にはつんつんしていても、ウメには楽しそうに話しかけている。

そんなにイヤな女じゃないのかもしれない。僕はカレーの最後のひと口を口に運んでそう思った。ただちょっと素直じゃないだけで、案外普通の女の子なのかもしれない。

「十五日、梅太郎の誕生日だったわよね。ねえ、ここでパーティーしない？」

「うん。嬉《うれ》しいけど毎年家で盛大にパーティーしてんだ。きみもぜひ来てよ」

「え〜？　千葉県まで行くのはダルいわ」

ふたりの会話に、僕は居心地の悪さを覚えた。いっしょにタカビーに働かされている時は、僕もウメも同じ境遇だと思っていたが、それは僕の勝手な錯覚であることに気がついた。

ウメの家はタカビーの親ほどではないけれど、地主で小金持ちだ。そして、ウメはこの女の彼なのだ。僕にはマンションを買ってくれたり、誕生パーティーをしてくれるような親はいないし、美味しいカレーを作ってくれる彼女もいない。一度なおりかけた機嫌がまた悪くなってくる。

「ね、梅太郎。ジュースないから買ってきてよ」

食事が終わると、突然タカビーはそうウメに命令した。

「はいはい。何ジュースがいいの？」

「パイナップル。百パーセントのじゃなきゃ駄目よ」

仕方なさそうにウメが立ちあがるのを、僕は慌てて止めた。ウメが出ていったら、この部屋に僕とタカビーがふたりっきりじゃないか。冗談じゃない。

「僕が行くよ。邪魔者は少し退場したほうがいいだろ」

必死に愛想をふりまいて、ウメを座らせようとすると、タカビーがいきなり僕の手をピシャリと叩いた。

「あんたは座ってなさいよ。梅太郎っ、早く行ってきてよっ！」

ヒステリックに言う彼女に、ウメはいやな顔ひとつせず『行ってくるな』と玄関を出ていった。なんつうできた男だ。僕なんかもう少しでこの女にウエスタンラリアートを食らわせてやるとこだったぜ。

ふたりきりになってしまうと、部屋の空気が急にしんと沈んでしまった。僕がそっぽを向いてブスッとしていると、彼女は僕の斜め前に腰を下ろした。耳のあたりに無遠慮な視線を感じる。

「じろじろ見んじゃねえよ」

「あら、ごめんなさい。あんまり変な顔だから、つい観察しちゃって」

言い返す気にもなれなくて、僕はフンと鼻を鳴らした。

「あんた、どうしてそんなに態度が悪いわけ？」

僕はそう聞かれて、思わず彼女の顔を見た。

「その言葉、そっくりてめえに返してやるよ」

「何よ！　あんたなんか今『邪魔者は少し退場します』なんてニタニタ笑ってたくせにっ。大嘘つきの陰険男っ、最低ねっ！」

ガンガン言われて、僕は絶句してしまった。

「ちょっと優しいかなって思うと、掌《てのひら》返したみたいに冷たくなってさっ。男なんかみ〜んなそうよっ。カレーなんか食べさすんじゃなかったわっ」

プイと向こうを向いた彼女の口もとが、ほんの少し震えているのを僕は見つけてしまった。急に罪のない女の子をいじめてしまったような気になってしまう。

「……悪かったよ」

「ふ〜んだっ、馬鹿っ」

「ごめんって。僕だってちょっと疲れてたんだよ。わかるだろ？」

チロリと彼女がこちらを向いた。抜けるような白い肌に大きな黒い瞳《ひとみ》。正直言って、僕は少しビビッた。間近で見ると、ものすごく綺麗《きれい》な顔だ。

「……梅太郎に出てもらったのは、あなたにちょっと聞きたいことがあったのよ」

やや機嫌をなおしたのか、タカビーはこちらに向き直る。聞きたいことだと？　ま、ウメを追い出した時にそんなことじゃないかと思ってたよ。

「どうでもいいけど、名前で呼んでくれない？」

「あんた、名前なんだっけ？」

ドツいてやろうかと思ったが、僕は我慢した。まともに話の通じる相手じゃない。喧嘩《けんか》すれば疲れるだけだ。

「小春だよ、岡花小春」

「こはる〜っ!?　へーんな名前っ」

が、我慢、我慢。相手は同い歳でも精神年齢は幼児なんだと思え。

「ねえねえ。そういえば岡花って名前のグラビアアイドルがいない？」

「岡花サクラだろ。あれ、僕の姉ちゃん」

「え、えええぇっえ～っ⁉　本当っ⁉」

「自慢じゃねえけど、血がつながった姉ちゃんだよ。どうだ、まいったか」

「ふーん。でもあの人、綺麗な人よね」

自分の身内を褒められて、悪い気はしない。タカビーの口からこぼれた意外な言葉に、僕の機嫌は少しなおってきた。

「そういえば、恩得サンはなんていう名前なんだ？」

素朴な疑問を口にすると、タカビーの眉《まゆ》がピクリと動いた。

「名前なんか、どうだっていいじゃない」

親睦《しんぼく》を図ろうかと思って聞いたのに、冷たくそう言い返されて、僕は思わずムキになってしまう。

「べつにいいよ。ウメに聞けばわかるからな。へーんな名前だったら、大笑いしてやる」

「変な名前じゃないもんっ」

彼女もムキになって、唇を曲げる。

「じゃあ、なんつーんだよ？」

「つ……鶴子《つるこ》よっ。たんちょう鶴の鶴」

「つるこぉ!?　じゃ、恩得鶴子っていうの、おまえっ!?」

外見と名前があまりにアンバランスなので、僕は思わずプーッと吹き出した。

「よくそんなおめでたい名前で、人のこと笑えたな。そっか、これからきみのことはツル姫さまと呼びましょ」

僕に笑われて、彼女の顔が怒りでカーッと赤くなった。カレーのスプーンをむんずとつかむと、それを思いっきり投げつけてくる。

「いてっ！」

「よくもあたしのこと笑ってくれたわねっ！　ヘボ漫才師のくせしてっ！」

「なんだとぉ？　もう一回言ってみろ」

「何回でも言ってやるわよっ！　姉は体が売りで、弟はボンクラ漫才師、さぞご両親は老後が楽しみでしょうねっ！」

自分のことだけならまだしも、家族のことを言われて僕はプチッと切れた。

「ようゆった。この馬鹿女」

「誰が馬鹿女ですってっ!?」

「おめえだよ、おめえっ！　ウメの手前もあるし、女だと思って甘い顔してりゃつけあがりやがってっ！」

僕は立ちあがると、右足をテーブルにガンと乗せた。

「ちょっとっ！　そのテーブルいくらすると思ってんのっ！　あんたなんかがいくらバイトしたって買えないお値段なのよっ！」

「ああ、そうだろよっ！　だけど、おめえが稼いで買ったんじゃねえだろっ！　このスネっかじりのアホ娘っ！」

「い、言ったわねっ！　あんたなんかに何がわかるのよっ！　もう帰ってよねっ！」

ツル姫は怒りにまかせて、そのへんにあったクッションやお盆を狂ったように投げてくる。僕は慌ててドアへダッシュした。

「言われなくても帰るぜっ！」

「二度とあたしの前に現れないでよっ！」

叫びながら、彼女がガラス製のでかい灰皿をバックスイングさせる。僕は間一髪でリビングのドアを閉めると、灰皿がドアに当たる派手な音が響いた。

少しでもいい子かもしれないと思った僕が馬鹿だった。急いで靴をはくと、僕はツル姫の館《やかた》を飛び出した。

三学期がはじまってしまうと、単調な毎日が訪れた。暮れから正月にかけて、いろんなことがありすぎたせいか、なんだか気が抜けてしまった。

昼休み、教室のストーブの前に椅子を持ってきて、僕は北国の老人のように背中をまるめている。元気なクラスメートたちが騒いでいるのを、僕はぼーっと眺めた。

あれからホットメイトの吉岡から連絡はない。一度名刺の電話番号を回してみたら、留守電になっていた。名前を入れておいたのに連絡がないってことは、やっぱアレかね、インチキ事務所なのかなあ……。あ～あ、なんかスッキリしねえなあ。

「ハルちゃん。たそがれちゃってどしたの？」

顔を上げると、紅実とクラスの女の子たちがおもしろそうに僕を見下ろしていた。

「雪山のサルみたいよ、そのポーズ」

まるめた背中を、女の子たちが指差して笑う。仕方ないので、僕は鼻の下を伸ばしガニ股《また》でそのへんを一周してサル真似をやってみせた。おなかを抱えて笑う女の子たちを見ても、今ひとつ元気が出てこない。

「それ、ウメちゃんの誕生パーティーでも、もう一回やってねっ」

涙を浮かべて笑いながら、紅実がそう言った。紅実ちゃんがやれと言うなら、サルの真似でもミジンコの真似でもなんでもやりましょう。

「みんな、ウメの誕生パーティー行くの？」

僕が女の子たちに聞くと、みんな声を合わせて『もっちろん』と答えた。

「ハルちゃんは行かないの？」

紅実に聞かれて、僕はうーんと唸《うな》った。

次の土曜日、成人の日はウメの誕生日で、毎年欠かさず彼の家でパーティーを開いているそうだ。一年の時、クラス中が呼ばれ、この歳になってどんなお誕生会をやるんだろうと好奇心で出席した。ところが土地成金のウメの家でのパーティーは、僕らの想像を絶していた。だだっ広い居間に山盛りの料理、緑の庭にはアフタヌーンティーセット、完全防音のカラオケルームには光り輝くミラーボール。僕らは突如夢の国に連れてこられた幼児のように、一日はしゃいでしまった。

しがない一庶民の僕は、来年も絶対行くぜと決心していたのだが……。今年はもしかしたら、あのタカビー鶴子が来るかもしれない。そう思うと気が重い。

「去年は普通の格好で行っちゃったでしょ。今年はみんなで仮装して行こうって言ってるんだよ」

「仮装？」

「うん。あーんな豪華なお屋敷なんだもん。みんなお姫様の格好したら、盛りあがると思って。ウメちゃんも大賛成でね、知り合いの人からお姫様と王子様の衣装、人数分借りてくれるって言ってるの」

紅実のドレス姿がボンと頭に浮かんで、血圧がビュッと上がる。きっとフランス人形みたいにかわいいに違いない。思ったとたんに、白いタイツをはいた自分の王子様ルックがボンと浮かぶ。そ、それはどうなんだろう。

「ハルちゃんも行くでしょ」

ピョコンと首をかしげた紅実を見て、僕は白いタイツも案外いいかもと内心思った。


ところが。

ホットメイトの吉岡から、仕事の電話がかかってきたのは、誕生パーティーの前日だった。

「し、CMの仕事っスかっ⁉」

「そうなんだ。小さい引っ越し会社のコマーシャルで、放映時間も夜中なんだけど……引き受けてもらえるかい？」

「は、はいっ。もちろんですっ」

深夜だろうがなんだろうが、テレビの画面に映るのだ。やるっきゃないぜ。

「それで、打ち合わせをしたいんだけど、明日は空いてる？」

「明日ですか？　ちょっと予定が……」

「うーん、実は私も明日でないと都合が悪いんだよ」

僕の頭の中に、テレビに映る自分と紅実ちゃんのお姫様姿が、天秤《てんびん》に乗って浮かんだ。ゆらゆら揺れて、どっちにも傾かない。僕は受話器を持ったまま、ブルンと頭を振った。初仕事なんだ。パーティーには夜、行けばいいさ。

「あの、僕は行こうと思えば行けるんですが、ウメは家の用事で抜けられるかどうかわからないんです」

「そう。まあ、簡単な打ち合わせだから、どっちかひとり来てくれればいいよ」

吉岡は愛想良く言うと、待ち合わせの場所と時間を告げ電話を切った。その夜、心臓がドキドキ波打って、僕は明け方まで眠れなかった。コマーシャルだ。テレビ出演だ。これでクラスのみんなや母ちゃんにも、少し大きな顔ができるだろう。最初はセコい仕事でも、今にビッグになってやるぜ。

翌日、僕はまた電車にゆられて都心へ向かった。吉岡の指定したテレビ局そばの喫茶店に時間どおりに着いたが、吉岡はまだ来ていなかった。

混みあった店の隅に空いている席を見つけて座る。コーヒーを頼んであたりを見回すと、すぐそばのテーブルにテレビでときどき見かけるタレントの女の子の顔を見つけてびっくりしてしまった。よく見てみると、業界人らしき人たちがあちこちで打ち合わせをしている。ひとりで原稿用紙になにやら書きこんでいる放送作家らしき男もいた。

僕はカチンコチンに緊張した。緊張と同時に、感じたことのないような自信みたいなものも湧きあがってくる。

ついこの間までは、無縁の世界だった芸能界が、今は僕の手の届きそうなところにある。僕はここに偶然来たわけじゃない。僕も仕事の打ち合わせでここにやってきたのだ。そう思うと、死ぬほど嬉《うれ》しかった。

「やあ。遅くなっちゃって、すみません」

この前会った時の笑顔のまま。吉岡が僕の前に現れた。

「ウメはやっぱり来れなかったんです」

「いいよ、いいよ。そんなことで意地悪しないから」

彼は大きなカバンから何やら書類を取り出すと、僕に差し出す。目を通すと、CM撮影の場所や絵コンテが書いてあった。

「昨日も言ったけど、できたばかりの引っ越し業者のCMでね。ギャラは安いけど、最初はこんなもんだ。我慢してやってよ」

「はい。ありがとうございます」

「それでね、実は問題がひとつあるんだ。撮影の日が平日なんだけど、きみたち一日学校休めるかい？」

学校を一日サボるぐらいなんでもない。撮影に三か月かかるっていうんなら学校辞めたっていいぐらいだ。

「大丈夫です。ウメも喜んでサボると思いますよ」

「サボるんじゃなくて、休んで来てくれよ」

満足そうに吉岡は笑い、引っ越し業者のつなぎを用意するからと、僕とウメの身長を聞いた。

「いつ頃、放送になるんでしょう」

「そうだな。撮ってみないことには、なんとも言えないけど」

彼は長い指をテーブルの上で組むと、身を乗り出して小さく言った。

「ガッカリさせるつもりはないが、クライアントからOKが出なくて、放送されないってことも可能性としてはある。撮ってみてOKが出るまでは、友達にも黙っておいたほうがいいかもしれないよ」

悪戯《いたずら》っぽい吉岡の目を見ながら、僕はクライアントってなんだろうと、業界用語にうとい自分にあせりを感じていた。

# 4

吉岡との打ち合わせが思ったより早く終わったので、僕は急いで帰りの電車に飛び乗った。今から行けば、夕方には着くだろう。

僕はいつも持ち歩いているアイポッドのイヤホンを耳に入れた。ラップのリズムが心臓の鼓動と重なり、僕は電車の床を軽く踵《かかと》で叩《たた》く。ワクワクしてからだ中の血が沸騰するようだ。

ウメには行けるかどうかわからないと連絡してあるが、紅実には何も言わなかった。僕が来てないことを知って、紅実は『え～!? ハルちゃん来ないのっ』と残念がっているだろうか。そして、僕が遅れて現れたら、『ハルちゃんっ、待ってたんだよ』と笑ってくれるだろうか。

二時間近くかけて地元の駅に着くともうすっかりあたりは暗くなっていた。僕は紅実に会いたい一心で、走ってウメの家へ向かった。

丘の上にあるウメのお屋敷は、いつ見てもまわりの街なみから浮いていた。普通の日本式住宅が立ち並ぶその向こうに、白い壁の洋風建築がそびえ立っている。ゴシック式だかなんだか知らないけど、ときどきラブホテルとまちがえて、若いカップルが迷いこんでくるそうだ。

蔦《つた》のからまったアーチをくぐり、三越《みつこし》から盗んできたようなライオンの石像と金ピカの狛犬《こまいぬ》の間を通って、玄関の前に立った。チャイムを押すと、キンコロカンコロかわいい音がしてドアが開いた。

「おお、梅太郎の友達かい？」

当然、お手伝いさんかバアヤが出てくるもんだと思っていたら、屋敷の当主が笑顔で立っている。まるまると太ったからだを、真っ赤な絹のガウンで包み、手にはいかにも高そうな葉巻を持っていた。漫画に出てくる成金みたいだ。

「あ、はい。今日はお招きにあずかりまして」

「どんぞ、どんぞ。昼まっから盛りあがりっぱなしだよ。きみも早くまざってこい」

彼は恐ろしくふわふわしたスリッパを出してくれた。彼に続いて長い廊下を歩きだすと、上からみんなの騒ぐ声が聞こえてきた。

「うるさくしちゃって、すみません」

謝る僕に、彼は『いんや』と首を振った。

「騒いでほしくて呼んだんだ。梅太郎んとこに友達がぎょうさん来てくれて、わしは嬉しいよ」

彼がそう言って笑うと、金の前歯がギラギラ光った。建物の趣味も悪ければ、着ているものもセンスのかけらもない。ただの土地成金だと世間の人は言うらしいが、僕はこのウメの父親が好きだった。

代々受け継いできた広い田畑が、彼の代で信じられないぐらいの大金を生んだ。普通の農家で育った彼には、その大金の使い方がわからなかったらしい。金は腐るほどあるんだからと、服も家も装飾品も、値段の張るものを集めてしまった。その結果がこれだ。

彼は金なんか大事に思ってないに違いない。彼にとって一番大事なものは、家族なのだ。だから、ウメのためにこんなストレートな金の使い方をする。ウメの父親は、僕の父親の何十倍も人間味のある人間だと思った。

「この上の部屋で、みんなでビデオを見るって言っておった。わしがグアムから買ってきたすごいビデオもあるから見てくといい」

彼は僕の股間《こかん》を掌《てのひら》でパンと叩くと、ぐわっはっはっはっと豪快に笑って去っていった。

すごいビデオというのはやっぱアレだよな、と納得しながら僕は階段を上がった。上がりきったところには、また長い廊下がのびていて、突きあたりにドアがあった。みんなはそこにいるらしい。

その時、突きあたりの重そうなドアがカチャンと開いた。開いた扉から出てきたのは、アイドル歌手のようなレースふりふりのドレスを着た紅実だった。

く、紅実ちゃんっ。きゃわいいっ。

彼女は急いでドアを閉めると、うつむいたままパタパタと廊下を走ってくる。腕にはセーターやコートを抱えているようだ。

「紅実ちゃん」

呼ばれて彼女は足を止める。僕の顔を見ると、まるでお花畑で妖怪《ようかい》人間に遭遇してしまったような驚いた顔になった。

「今来たんだ。ビデオ見てたんじゃないの？　どうかしたのか？」

彼女の顔がみるみる赤くなって、くしゃっと崩れる。大きな目に涙が溢《あふ》れ、紅実は何も言わずに、僕の横を全速力で走り抜けた。

「お、おいっ。紅実ちゃんっ⁉」

慌てて追いかけようとしたところで、後方のドアがバンと開いた。

「紅実ちゃん、ごめんよっ！　待ってくれよっ！」

そう言って走り出てきたのは、ウメだった。頭に冠を乗せ、白タイツにちょうちんブルマみたいなのをはいた王子様ルックのウメを、僕はむんずとつかまえた。

「てめえっ。紅実ちゃんに何しやがったっ」

「こ、小春。今来たの？」

「ああ来たよ。紅実ちゃん、何で泣いていたんだっ？」

胸ぐらをつかむと、ウメは『まいったなぁ』と頭をかく。

「なんだと、この野郎っ！」

「そう熱くなるな、小春。いいか、正直に言うから殴るなよ。俺だけが悪いんじゃないんだから」

「わかったよ。殴んねえから言えっ」

「実はな。小春の姉ちゃんのビデオ、見たんだよ」

「……えっ？」

みんなで映画のビデオなんかを見ているうちに、誰かが小春の姉ちゃんのビデオを持ってきたと言いだした。それを聞いた女の子たちが、見たことないから見せてと盛りあがった。どうかと思ったが、これも勉強のひとつだと思って、女の子だけにこっそり見せてあげたら、突然紅実が真っ赤になって出ていってしまった。そう話すウメの胸ぐらを、僕はもう一度つかみあげた。

「な、殴らないって言っただろっ⁉」

「殴んねえよっ！　このアホンダラッ！」

僕は左手で、すばやくウメの股間にあるものをイヤというほど握ってやった。ぎえっ！　と叫ぶウメを突き飛ばして、僕は階段を駆け下り、紅実を追いかけた。

玄関を出て門をくぐり、僕は力いっぱい走った。幸い駅までの道は一本なので、紅実が僕をまこうと横道にそれないかぎり、追いつくことができるだろう。

でも、追いかけて捕まえても、僕はなんと言ったらいいんだろう。軽蔑《けいべつ》されても仕方ない。僕が謝ってもなんともならないだろう。だけど、このまま紅実を放ってはおけない。

僕は走りながら、ウメのことを突き飛ばして悪かったなと思った。女の子にあんなものを見せたウメが悪いが、そのビデオに出ているのは正真正銘僕の姉なのだ。ウメが見せなくても、いつかどこかで見てしまったかもしれない。

走りに走って、やっと僕は歩道をトボトボ歩くドレス姿の背中を見つけた。

「紅実ちゃんっ！」

慌てて振り返った紅実のところまで、僕は力を振りしぼって走る。

「……ハルちゃん」

「ごめんよっ！　ウメに聞いたよ。本当にごめん」

僕は息を切らし、からだを曲げて紅実に謝った。

「あんなもの見せちゃって、本当にごめん。軽蔑されてもしようがないけど、謝らせてくれ。ごめんなっ」

「そんなに謝らないで……ハルちゃんが悪いんじゃないじゃない」

彼女はそっと首を振った。泣いたせいか寒さのせいか、鼻の頭とほっぺたが赤い。

「だけど僕が謝らなきゃ、誰が紅実ちゃんに謝るんだよ」

彼女は薄く笑うと、僕の手を静かに取った。氷みたいに冷たくなっている。どうしてこの子の手は、いつもこんなに冷えちゃってるんだろう。

「風邪ひくからコート着なよ」

腕に抱えたままだったコートに、紅実は黙って袖《そで》を通した。僕はなるべくさりげなく、紅実の手を握る。

「ねえ、ハルちゃん」

「ん？」

「私のこと、ブリっ子だと思ってる？」

悲しそうな顔の彼女に、僕はブンブン首を振った。

「そんなこと思うわけないじゃんか」

「思っていいよ。だって見てみたいって言ったのは私なの。それなのに逃げたりして」

うつむいて僕に手をあずけたまま、彼女は小さく話した。髪に結んだ白いリボンが、僕の顔の前で、風にハタハタとなびいている。

「サクラさんが、グラビアの仕事をやってることは、もちろん知ってたけど、私、テレビでしかサクラさんのこと見たことなかったの。ちょっと水着になって写真とかビデオとかに撮られるくらいだと思ってたのよ」

「……うん」

「あんな綺麗《きれい》な人が、セクシーなポーズしたら素敵だろうな、なんて思ってた。だからビデオがはじまって、私、本当にびっくりしちゃったの」

僕も姉のＤＶＤを少し見たことがある。彼女はほとんど何も着ていないに等しい小さなビキニをつけていて、冒頭からいきなりベッドの上でくねくねしていた。カメラを媚《こ》びた目で見つめたまま、自分で大きな胸をまさぐるようにしてあえぎ声を出す。

血のつながった姉のそんな姿を直視できるほど僕は変態ではないので、すぐ止めてしまった。

「かわい子ぶってると思っていいわ。でもショックだったの。私にはわからない。映画やドラマの役ならまだなんとかわかるけど……カメラの前であんなことするのが仕事だなんて。そのビデオを男の人たちがお金を出して買ってるなんて……信じられなかったの」

絞り出すように、彼女はやっとそう呟《つぶや》いた。紅実の小さな肩が震えている。僕は心の中で絶叫した。

『そう思うのが普通なんだよ〜っ！』

彼女をからだが潰《つぶ》れるほど抱きしめたい、そういう衝動を僕は奥歯に力をこめて耐えた。もし思わず抱きしめて、それが紅実にとってイヤなことだったら、きっと僕と彼女の仲は終わりだろう。

紅実が僕にどうしてほしいのか、まったく見当がつかなかった。街頭の明かりに浮かぶ彼女の横顔は、泣くまいと唇を嚙《か》みしめている。行き場のない怒りに、僕は叫び出しそうだった。

「……もう遅いから帰ろう。送ってくよ」

長い沈黙の末、やっと出たのはそんなつまらない言葉だった。それでも紅実はコクンとうなずき、僕の手を静かに握ったまま夜の歩道を歩きだす。今日は、父が厳しいから送らないでとは言わなかった。

すっかり気落ちした紅実と、紅実以上に気落ちしている僕は、電車の中でもじっと黙ったままだった。彼女は夜の窓に顔を向けたままだし、僕は紅実の小さなヒールに目を落としたままだ。

勤め帰りのサラリーマンたちに混ざって、僕らは電車を降りる。つないだままの手を、僕はチロリと見下ろす。こんなところを、紅実の父親に見られたらマズいかなと思ったが、小さく凍えた彼女の手を放す気にはなれなかった。

紅実は何も言わず、駅前のロータリーを抜け、住宅街へと歩いていく。僕は紅実の家には行ったことがないので、彼女に手を引かれるまま歩いた。

刺すような冷気の中、紅実の口からもれるのは白い息だけだった。いっそのこと

『あんなの不潔よっ！ 大っきらいっ！』と罵《ののし》ってくれたほうが気が楽だったかもしれない。ちくしょうっ、姉ちゃんのバカヤロウっ。

泣きたい気持ちで歩いているうちに、紅実がピタリと足を止めた。松の木に囲まれた純日本風の小ぢんまりした家を指差しつぶやいた。

「私の家」

僕は腕時計に目を落とした。もうすぐ八時になるところだ。まあ、送っていく時間としてはギリギリ合格かな。

「……今日はごめんよ。不愉快な思いさせちゃって」

「ハルちゃん」

顔を上げたかと思うと、紅実はハッキリした声で僕の名前を呼んだ。僕は意を決したような彼女の顔に、びくっと片足を下げる。まさか、もうつきまとわないでなんて言う気じゃないだろうな。

ビビッている僕を、真っすぐ見あげて紅実はこう言った。

「私、ハルちゃんが好きなの」

静かな夜の住宅地に、彼女の透きとおった声が静かに響く。僕は埴輪《はにわ》顔になったまま、紅実を見下ろした。今、彼女はなんと言ったのだろう。

「さっきのビデオ、ハルちゃんのお姉さんだから、こんなにショックだったの。誰かほかの人のお姉さんだったら、私こんなに驚かなかったかもしれない」

紅実の言葉は、僕の耳から入りゆっくり脳の中へ滲《し》みていく。両足がふるふると震えてくるのがわかった。

「……ハルちゃんが好きだから、ハルちゃんのお姉さんにも……あんなこと、してほしくないなんて言ったら、余計なお世話なのかもしれないけど……」

小さくしぼんでゆく彼女の声を聞いて、僕は今度はためらわなかった。彼女のからだを胸に引き寄せ、頭を抱え込むように紅実を抱きしめる。

「僕もずっと紅実ちゃんのこと、好きだったんだ」

僕の腕の中で、紅実はしくしくと泣きだしてしまった。僕はこの時、サクラに今の仕事を辞めさせようと心に誓った。

「……泣いて、ばっかで……ごめんね」

しゃくりあげながら謝る彼女の顔を、僕はそっと覗《のぞ》きこむ。もう何も考えられなかった。吸い寄せられるように、僕と紅実は唇を寄せる。かすかに唇が触れた時、

「おまえらっ何やっとる――っ!!」

夜空がパックリ割れそうなほどの大声が背中を襲った。心臓が爆発し、僕と紅実は

パッとからだを離す。

「お、お父さんっ」

着物姿の男は、家の明かりをバックに拳《こぶし》を握りしめて仁王立ちしていた。怒りで燃えあがった顔は、もし僕が大魔神だったとしても走って逃げそうな恐ろしい顔だ。

「紅実っ！　最近よく門限を破ると思ってたら、こんな男と遊んでたのかっ！」

「門限って……お父さん。五時なんかに毎日帰れるわけないじゃないっ。小学生じゃないんだからっ」

ご、五時？　夕方の五時が門限なのか？

「うるさいっ！」

岩石のような顔をブルッとふるわせると、父親は僕のところへツカツカと歩いてくる。キスしたところを見られたら、もう弁解の余地はない。僕は覚悟を決めて頭を下げた。

「僕は紅実さんと同じクラスの岡花といいますっ！　申し訳ありませんでしたっ！」

その次の瞬間、左のこめかみに火の玉が激突してきたような衝撃が飛んできて、僕はぶざまに地面に吹っ飛んだ。

「大事な娘に手を出しおってっ！　謝ったぐらいで済まされると思っとるのかっ！」

目の前にチカチカと星が飛び、僕は激痛に身をよじる。

ち、ちくしょう、このクソオヤジ……。

「今、なんと言った？　小僧」

彼は草履で、僕の脇腹をぐいぐい押した。紅実が必死で父親の袖《そで》にすがっているのが見える。てめえは暴力団かっ。

「クソオヤジって言ったんだよっ。キスして何が悪いんでいっ。いいとこだったのに邪魔しやがってっ。てめえだって自分の女房とエッチすんだろっ」

ヤケクソでわめくと、父親は無表情のまま僕を見下ろした。目がこわいぐらいすわっている。彼は着物の懐に手を入れると、何かをスルリと取り出し、僕に向けた。

彼の手に握られているのは、拳銃《けんじゅう》だった。

う、うそだろ、おいっ。僕は地面をずりずりと後退する。腰が抜けて立てないのだ。

「わ、笑っちゃうぜ。え、映画じゃあるまいし、本物なんか持ってるわけがなななないじゃんかっ、撃つならうううう撃ってみろよっ」

カチャリと引き金に指をかける音がした。そのとたん、紅実が絶叫する。

「ハルちゃんっ！　お父さんは警部さんなのっ!!　本物だから早く逃げてっ」

彼女の言葉に僕は飛びあがる。頭の中から見栄《みえ》も根性もスッポリ抜けて、僕は脱兎《だっと》のごとく夜の道を駆けだした。

翌朝目が覚めたら、悲しいぐらいいい天気だった。ベッドに横になったまま、射しこむ光にほこりが舞うのをぼんやり眺める。

昨日の出来事が全部夢じゃないことを実感するのに、しばらく時間がかかった。現実っていうのは、なんて素晴らしく、そして疲れるものなのだろう。

僕はムックリ起き出して、階段を下りた。キッチンのテーブルには、ラップのかけられた朝食が乗っている。母はどこかへ出かけたようだ。

壁に掛けられた鏡に、僕の顔が映る。左目のまわりが紫色にふくれあがっていた。指で触れると痛みが走る。起き抜けでボーッとしていた頭に、あのクソオヤジへの怒りがよみがえった。

無駄なのは百も承知で、手にした携帯で紅実の家の電話番号を押す。呼び出し音一回で受話器を取る音がした。

「………」

相手が無言なので、仕方なく僕は名乗る。

「あー、岡花と申しますが……」

案の定、そこでガチャンと電話が切られる。クソオヤジめ。きっと、僕と紅実に連絡を取らせまいと、一日中電話の前に座っている気なんだろう。

「……アホか」

そう呟《つぶや》いて僕は携帯を置いた。いくら親父が防御したところで、明日になれば学校で会えるのだ。いくらなんでも、娘に高校を辞めさせるわけにはいかないだろ。

僕は大きくため息をついて、キッチンの椅子に腰を下ろした。窓から見える小さな庭には、父親が盆栽をいじる背中が見えた。こんな天気のいい日に、盆栽なんかいじってて楽しいのかね、あの人は。

母親が置いていってくれた朝食をさっと食べて、僕は部屋に戻り服を着替えた。明日にならなければ、紅実には会えない。そうなると、今日は特にすることがないのだ。

僕はこういうポッカリ空いてしまった日曜日には、いつも行くところがある。出かけることを断ろうと、僕は縁側から庭の父親に声をかけた。

「父ちゃん。ちょっと出かけてくる」

「……ん」

背中を向けたまま、父は小さく頷《うなず》いた。スーパーで母親が買ってきたらしいスウェット上下を着た父の姿は、なんだか泣きたいほど小さく見える。無意識のうちに、僕の口からこんな台詞《せりふ》が出た。

「たまにはどっか出かけたらどう？」

鋏《はさみ》を持ったままゆっくり振り返ると、彼はまた植木に視線を落とした。

「……母さんに留守番を頼まれてるから」

呟く父に、僕はもうなにも言わなかった。大きないらいらを抱えたまま、玄関を飛び出した。

駅へ着くと、切符売り場の近くに意外な人物が立っているのを見つけて、僕はちょっと驚いた。声なんかかけずに行こうと歩きだしたが、彼女の不安げな顔が胸に引っかかり、僕は迷った末、彼女のところに戻った。

「千葉県へようこそ」

「キャッ!!」

後ろからぬっとそう言うと、タカビー鶴子は飛びあがって驚いた。

「ば、ばかっ。驚いたじゃないのよっ！」

「ふん。ウメとデートかよ」

彼女は思わず落としてしまったバッグを拾い上げて、唇を尖《とが》らせた。

「……約束しないでなんとなく来ちゃったの。今電話したら、梅太郎携帯に出ないでさ」

だからしゅんとした顔してたのか。気まぐれで来るから、こういうことになるんだよ。

「で？　ウメが来るのをハチ公みたいにじっと待ってたのか？」

「あなたを待ってたのよ」

僕は目を丸くして自分を指差した。

「僕を？」

「梅太郎の家の人に電話番号聞いて、あなたのところにかけたの。そしたらお父さんが出て、今駅に向かったから、改札口にいれば会えるって教えてくれて」

僕はニコリともしない鶴子の顔を見て、首をかしげた。

「なんか用事なわけ？」

か？

「べつに」

しばらく僕と彼女は見つめあった……というより睨《にら》みあった。彼氏が留守だから、彼氏の友達と遊んでもらおうと思っているのだろうか。でも、僕はこの女が嫌いだし、こいつだって僕のことなんか大っ嫌いなはずだ。つまり、いつもの気まぐれってヤツか？

くるりと向きを変えて、僕は自動券売機で切符を買った。

「ねえ、どこ行くの？　あたしも行く」

この女の気まぐれに振りまわされるのはまっぴらだ。彼女を無視して、さっさと改札へ入ると、鶴子はあとをついてくる。

「その顔、どうしたの？　ゾンビみたいじゃない」

ホームに立つと、彼女は横からそう話しかけてきた。僕はじっと腕を組んで目をつぶる。こうやって無視してれば、そのうち飽きてどっか行くだろう。

電車が来ると、鶴子は僕のあとに続いて車両に乗りこんだ。僕がシートに座ると、彼女も横に座る。

「ひどい顔が余計ひどくなっちゃったわね。ね、誰かに殴られたの？　あ、わかった。この前の女の子に手を出そうとして殴られたとか？」

そう言われて、ピクッとこめかみが引きつってしまう。ちくしょう、この女言いたいこと言いやがって、シバいたろうかっ。

「ちょっと、聞いてんの？　なんとか言ったらどう？　仏頂面してると余計こわいわよ、その顔」

「うるせえなっ！」

思わず怒鳴ると、電車中が僕のほうを見た。斜め前に立っている女子大生風のふたり連れが、露骨にいやな顔をする。女の子を怒鳴りつける乱暴な男と思ったのだろう。当の鶴子は口を閉じ、ツンと向こうを向いた。

怒って離れていくかなと思ったのに、鶴子は黙って僕の隣に座ったままだった。心なしか、しゅんと肩を落としているようにも見える。

変な女だなと僕は思った。綺麗《きれい》な顔にわがままな性格。きっと、女の子には人気がないだろう。男だって、ウメぐらい根性のある奴じゃなきゃ、こんなわがまま娘は相手にしない。だけど、しゅんとされるとなぜか気になるのだ。それが鶴子の手口なのかもしれないけど、気の強い女に悲しい顔をされると、放っておけない気持ちになってしまう。

電車が上野《うえの》に着いて、僕はホームに下りた。歩きだすと、鶴子は僕の少し後ろを唇を尖らせたままついてくる。父親に叱られた娘のようだ。

僕は改札口を抜け、階段を下りて上野の街へ歩いた。後ろを振り向くと、五メートルほど後ろを、鶴子が無表情についてくる。彼女が僕を見失わない程度のスピードで、街道沿いの道を歩いた。

目的の建物の前に僕は立ち止まって、その窓口でチケットを二枚買った。人ごみの中に立って、こちらをじっと見ている鶴子を、僕は手で呼んだ。

「怒鳴って悪かったよ。そんなとこにいないで来なよ」

彼女の強張《こわば》った頬が、ふんわりとほどけていくのを、僕はくすぐったい思いで眺めた。

「何ここ。寄席？」

「おう。来たことないだろ？」

「落語なんか聞いたことないわ」

鶴子は寄席の客席に座って、珍しそうにあたりをキョロキョロ見回した。

「落語だけじゃなくて、漫才とか紙切りとかもあるんだぜ」

「ふ〜ん。なんか年寄りばっか来てるじゃない。椅子も壁も古くさいしさあ。こんなのおもしろいの？」

「つまんないと思ったら、途中で帰っていいよ」

厭味《いやみ》じゃなく、僕は笑ってそう言った。ほどなくお囃子《はやし》の太鼓の音が鳴り、前座の若い落語家が高座に登場した。漫談、落語と聞いていくうちに『こんなのおもしろいの？』と眉《まゆ》をひそめていた鶴子が、会場の中で一番大きな声をたてて笑っていた。紙切りのおじさんに切ってもらったパンダを、鶴子は嬉《うれ》しそうにバッグにしまった。

休憩の時間になると、僕は売店で稲荷《いなり》寿司《ずし》を買ってきて、鶴子といっしょに食べた。

「おもしろいだろ」

「うん。こんなのあるの知らなかった。お正月にテレビでやってるの、ちょっと見たことあったけど、テレビで見るのとずいぶん違うのね」

「コンサートだって、ビデオで見るのと生で見るのじゃ違うだろ」

すっかりご機嫌になった鶴子は、稲荷寿司を頬張りながら、僕の顔を覗《のぞ》きこむ。

「ここ、よく来るの？」

「たまにね」

「ふ〜ん。高校生なのに、変わってるのね」

「最初に連れてきてくれたのは、親父なんだよ」

売店で買ったお茶をすすりながら、僕は話した。

「小学校の三年ぐらいの時にはじめて連れてきてもらってさ。こんなおもしろいとこ知ってるなんて父ちゃんすげえっ、なんて尊敬しちまった」

「単純〜っ」

笑う鶴子の横顔を見ながら、僕は子供の時のことを思い出した。父ちゃんに手を引かれて、僕は何度もここへやってきた。休憩時間には、こうやって稲荷寿司を食べさせてくれて、帰りにはアイスクリームを買ってくれた。いつも物静かな父親が、寄席で笑ったあとは少し饒舌《じょうぜつ》になり、僕にくだらない冗談さえ言ったりもした。おもしろくて楽しくて、僕は本当にしあわせだった。僕もいつかこの寄席に出たい。父ちゃんのことをもっと笑わせて、楽しませてあげたい。それが、そもそものはじまりだったのだ。

「ガキん時、この寄席に出るのが夢だったんだぜ」

冗談めかして僕が言うと、鶴子はププッと吹き出した。

「そういえば、あなたたちの漫才って、ちょっとこういう雰囲気あるわね」

「あんなにけなしてくれたくせに」

「いい味出してたって下手は下手よ。そうだ小春、落語家になればいいじゃない。そのほうがあってるかもよ」

「それも考えたことはあったけどね」

僕は落語が好きだ。だけど、自分がやるのはちょっと違うと思った。下積みがイヤなわけじゃない。師匠の身のまわりの世話がイヤなわけじゃない。そうじゃなくて、僕はもっと型にはまらない笑いをやりたかった。

誰もが、今日は彼の番組があるから早く帰って見ようと思ってくれるようなコメディアンになりたかった。つらい悩みで泣いている人が、僕の漫才を見て、泣いているのがバカバカしくなるような笑いをやりたいんだ。

そしていつか、この寄席に出る。僕は人気者の漫才師で、この狭い客席にあふれかえるようなお客さんがつめよせ、そして僕は父親を招待するのだ。鶴子には冗談のように言ったけど、それが僕の夢なのだ。

休憩のあと、後半の出しものを聞いてから、僕と鶴子は寄席を出た。冬の短い一日は、もう終わろうとしていた。夕暮れの道を、誰もが家路を急いでいる。

「茶でも飲む？」

何気なく誘うと、鶴子はフフンと鼻で笑った。

「冷たかったり優しかったり、ずいぶん態度がコロコロ変わるのね」

「……」

喉《のど》まで出かけた反論をグッと飲みこむ。確かに鶴子の言うとおりだなと思ったからだ。僕はこの生意気な女を、徹底的に嫌いになれないでいたのだ。時々見せる素直な態度に、僕はつい優しい言葉をかけてしまう。それが鶴子にしてみれば、矛盾した態度に見えてしまうのだろう。

僕たちはすぐ近くにあった喫茶店に入り、テーブルをはさんで向かいあった。

「ねえ、あなたたちにCMの仕事が来たんだって？」

コーヒーに大盛りの砂糖を入れながら、鶴子が突然切りだした。僕はブッとコーヒーを吹いてしまう。

「驚くことないじゃない。梅太郎に聞いたのよ。ホットメイトっていう事務所から、スカウトされたんだってね」

厭味っぽい鶴子の言い方に、僕はフンと横を向いた。

「どうせ、笑いもとれない漫才師がスカウトされるなんて変だと思ってんだろ」

「そうよ」

あっさり言われて、僕はテーブルを叩《たた》いた。

「どうせオントクみたいなデカい事務所には相手にされないんだ。何をしようと、ほっといてくれよ」

「何したっていいわよ。ご自由にどうぞ。でも、ホットメイトなんて事務所ができたの聞いたことないからさ。気をつけたほうがいいわよ」

彼女は無表情にそう言うと、コーヒーをすすった。僕はテーブルの上の握った拳《こぶし》をそろそろと引っこめる。もしかしたら、この子は心配して忠告してくれてるのかもしれない。いくら生意気なスネっかじり娘でも、業界のことに関しては、彼女のほうがプロなのだ。

「……ごめん」

「べつに謝んなくてもいいわよ。お金だけ取られて逃げられたり、そういうこと多いからさ。用心したほうがいいって言ってあげようと思って、今日来たのよ」

「わざわざ来なくても、電話でよかったのに」

「あなたに会いに来たわけじゃないわよ。馬鹿」

馬鹿と言われて、僕はまたちょっとムカッとしてしまう。ああ、どうしてこの女は僕の機嫌を上げたり下げたりするんだ。

「だったら、僕になんかついてこないでとっとと帰ればよかっただろ」

鶴子は僕を上目使いに睨《にら》んだ。

「……だって」

「だってなんだよ」

「あたし、日曜日にひとりでいるの嫌いなんだもん。誰かといっしょにいれば、今日みたいに楽しいことあったりするからさ」

そう言われて、僕はポカンと口をあけた。言い方は厭味だけど『今日は楽しかったわ』という意味なんだろう。

「日曜ぐらい、親んとこ行けば？」

「親のとこなんか行って、楽しいわけないじゃない」

吐きすてるように言う鶴子に、僕は小さく頷《うなず》いた。どこの家庭にも、それなりに問題はあるのだろう。僕のところみたいな平々凡々な家庭でさえいろいろあるのだから、きっと金持ちの家には、僕には想像もつかないようなトラブルが起こってしまうに違いない。

「ね、小春」

小さく呼ばれて僕は顔を上げた。

「この前、喧嘩《けんか》しちゃって聞けなかったことなんだけどさ」

言われて僕は思い出した。そういえばあの時、聞きたいことがあるからと、鶴子はウメを追い出したんだっけ。

「何？」

「んっと、あのさ、梅太郎はさ……」

「だから、なんだよ」

モジモジしていたかと思うと、鶴子は駄目だとばかりに首を振った。

「やっぱいいや。直接聞く」

いつもハキハキしている鶴子が、ものを言いあぐねることなんかあるんだな、と僕は感心してしまった。

「恥ずかしがらずに、オジサンになんでも話してごらん」

わざといやらしい口調で聞くと、鶴子は力なく微笑んだ。しばらく黙っていたかと思うと、ふと顔を上げて僕に聞いた。

「梅太郎って、あたしのこと、本当に好きだと思う？」

少女漫画から抜け出してきたようなしおらしい台詞《せりふ》に、僕は耳を疑った。な、なんだと？

「梅太郎に聞かなかった？　あたし、コンテストの夜に梅太郎とホテルに行ったの」

そ、そんなことサラリと言うなっ。こっちが恥ずかしくなるだろっ。馬鹿みたいに緊張してしまった僕に、鶴子はまつげを伏せて呟《つぶや》いた。

「会ってすぐの男の人とホテル行っちゃうなんて、軽い女と思われてるかもしれない。確かにそのとおりだけど、あたし、それから本当に梅太郎のこと好きになったの。でも、梅太郎は、あたしの前でほかの女の子とデートした話なんか平気でするし……梅太郎はあたしのこと、遊びって思ってるのかな……」

僕がまったく答えられず、椅子の上で硬直しているうちに、鶴子はすっと立ちあがる。くるりと向きを変えると、彼女は逃げるように店の扉を開けて出ていってしまった。僕はガッチガチに固まったまま、口紅がついた鶴子のカップを長いこと見つめていた。残った紅の赤さがあまりにいろっぽくて、信じられないほど胸が高鳴ってしまった。

# 5

月曜日がこんなに待ち遠しかったことなど、かつて一度もなかった。僕は月曜の朝、母ちゃんに文句を言われる前に起き出し、顔を洗ってメシを食い、歯を磨いて制服に着替え、いつもより十五分も早く家を出た。

学校へ行けば、紅実に会える。ピリピリするような朝の空気の中を、僕はご機嫌で自転車をこいだ。

あのクソオヤジへの怒りでしばらく忘れていたのだが、僕は紅実とキスしたのだった。紅実は僕のことを好きだと言ってくれたのだ。なんてこったい。ラブリーバリバリじゃございませんかっ。紅実ちゃんと付き合えるのかと思うと、自転車の上で逆立ちしてみたいぐらい嬉《うれ》しかった。

学校のそばまで自転車をこいでいくと、電車通学組が歩く道と合流した。僕はスピードをゆるめ、紅実がいないかと制服の女の子たちにひとりひとりチェックを入れた。

「ヤッホー、小春。何チンタラ走ってんだよ」

慌ててブレーキを握り、声がするほうを振り返った。ウメがいつもの笑顔でこちらにやってくる。

「……お、おう。おはよう」

「今日はずいぶん早いじゃん」

喧嘩したことなどすっかり忘れてしまったようなウメの笑顔に僕はとまどった。と、とにかく謝ろう。

「おとといは、悪かったな」

「何が？　悪かったのは俺だよ」

「いや、よく考えてみると八つあたりだったかなって思ってさ。大事な股間《こかん》は無事だったか？」

「平気、平気。鍛えてあっから」

明るいウメの顔を見て、僕はほっと安心した。やっぱこいつってタダもんじゃないかもしれない。何があっても絶対ウジウジ人を恨んだり、落ちこんだりしないのだから。こういう奴を打たれ強いって言うんだろう。だからこそ、あのタカビー鶴子とつきあえるのかもしれない。

「俺の顔に見とれちゃってどしたのさ?」

「え? ああ、べつに……」

「土曜日、あれからどうした? 紅実ちゃん、怒り狂ってた?」

「いや、そんなことないよ。ちょっとショックが強かったみたいだけど」

「きゃわいいねぇ、紅実ちゃん。この梅太郎が一から十まで教えてあげたい」

僕は横を歩くウメを、またじろじろと眺めてしまう。こいつは経験があるのだ。今までそんなに気にしたことはなかったのに、昨日の鶴子のしおらしい態度を見て、僕は急に実感が湧いてしまったのだ。鶴子は、姉ちゃんのビデオのような顔をしたのだろうか。想像したとたん、ボンッと顔に火が点《つ》くような気がした。

「あれ? 小春、顔が腫《は》れてない?」

「顔面がしもやけなんだ」

首に巻いたマフラーに顔を埋めて、僕は低く言う。首をかしげながらも、ウメはそれ以上追及せず話題を変えた。

「CMの打ち合わせはどうだったのさ」

「……まあまあだな。平日に撮るから一日学校休んでくれって」

「お安い御用じゃん。ギャラはいくらくれるって?」

「あ、聞いてねえや」

「そういうことは、ビシッと聞かなきゃ。ハルちゃん」

仕事の話をしながら、僕は頭の隅で別のことを考えていた。昨日の鶴子の言っていたこと、僕がウメに確かめたほうがいいだろうか。鶴子のことを本気なのか、それとも遊びなのか、聞いてみたほうがいいだろうか。でももし、遊びだと聞かされたら、僕は鶴子になんと言ったらいいんだろう。

「ハルちゃんっ!」

その時、背中から女の子の呼ぶ声が聞こえた。自転車のハンドルを握ったまま振り返ると、紅実がおでこを全開にして、こっちに走ってくる。

「ハルちゃんっ、その顔っ! そんなに腫れちゃったの? ごめんねっ、本当にごめんねっ!」

「こんなのなんでもないよ、そんなに謝らないでいいって」

必死に謝る紅実に、僕はウへへへとだらしなく笑った。

「邪魔みたいだから、先行ってますよ」

厭味《いやみ》っぽく肩をすくめると、ウメは僕たちを置いて歩きだした。五歩も歩かないうちに、ウメは知っている女の子に『おはよ』と声をかけ、仲良さそうにジャレはじめる。僕は女の子とイチャつく彼の背中を、複雑な思いで眺めた。ウメって奴が、僕にはよくわからなかった。

その日は一日中、紅実は僕の顔を見るたびに『ごめんね、ごめんね』と謝りつづけた。

「本当にごめんねっ。私、なんでも御馳走《ごちそう》するから。何がいい？　お好み焼き？　ビッグマック？」

放課後、紅実は僕のところへ来ると、罪滅ぼしに何か奢《おご》らせてくれと言った。

「いいってば。もう一万回謝ってもらったから」

「うん。でも、ハルちゃんのその顔見ると、謝らずにはいられないよ」

「そんなにひどい？」

「いい男が台なし」

そばで聞いていたクラスメートたちが、いっせいに『あーっ、あちいあちいっ』と僕たちをひやかしながら教室を出ていく。僕と紅実は、顔を見合わせて赤くなった。

「と、とにかく何か食べに行こうよ。ハルちゃん」

「そ、そうだな」

お見合いしたばかりのカップルのように、僕と紅実はぎごちなく歩き出した。照れている自分が恥ずかしくて、でもやっぱり嬉しくて、僕はこみあげてくる笑いを頬に力を入れてこらえた。

下校時間の並木道には、制服の群れがぞろぞろと歩いている。その中に微妙な間隔を空けて並んで歩くカップルがちらほらと見えた。僕は密《ひそ》やかにカップルで帰る奴らを、うらやましく思っていた。いつか紅実と並んで帰れる日が来るといいなと思っていたのだ。

知った顔の男どもが、僕と紅実を見て、何やらボソボソと言っているのが目に入った。てめえら、見たか。このきゃわいい女の子は、俺様の彼女なんだぜ。どうだ、参ったか。空に向かってカラカラと高笑いをしたかった。

「ハルちゃんちの近所に、和風カフェができたでしょ。行ったことある?」

紅実に聞かれて、僕は近所にできたその店を思い出した。ちょっと男だけでは入りにくいかわいい作りの店だ。

「紅実ちゃん、行ったの?」

「うん。この前さっちゃんたちと行ったの。抹茶パフェがすっごい大きくておいしいんだよ。そこ行かない？」

「あ、ああ。そうしよっか」

なるほど、女の子と連れ立つと、ああいう店にも入れるわけだ。この嬉《うれ》しくて恥ずかしいリリカルな気持ちを、いっちょ特大抹茶パフェにぶつけてやろう。

そうと決まれば、僕は押していた自転車に股《また》がり、紅実を後ろに乗せた。青春ドラマのように、僕と紅実は北風の中をルンルン走っていった。

せっかくルルルルンとやってきたのに、その和風カフェには無情にシャッターが下りていた。

「あれ～、お休みなの？　せっかくハルちゃんに抹茶パフェ、食べさせてあげようと思ったのに」

唇を尖《とが》らせて言う紅実の横で、僕は『しめた』と思った。ここなら僕の家はすぐそこだ。部屋へ誘っても、変に思われないだろう。

「また来ればいいじゃん。僕の家にも、菓子ぐらいあるからさ。寄ってけば？」

紅実は鞄《かばん》を両手で持ったまま、上目使いにじっと僕を見た。う、さりげなく言ったつもりだったんだけど……。

「ん。お休みじゃしようがないもんね。じゃ、お邪魔しようかな」

「コンビニでアイスでも買ってこうぜ」

アイスクリームを買いこんで、僕は紅実を家へ連れていった。意外と抵抗なく紅実が僕の家へ来たのは、前に何度かクラスメートたちと来たことがあるからだろうか。それとも、やっぱ、ハルちゃんとふたりっきりになりたいっなんて思ってるのかな。イヤハヤ参ったね、こりゃ。

家にいた母ちゃんは、僕が女の子をひとりだけ連れてきたので、目を丸くして絶句していた。紅実に『突然お邪魔してすみません』と頭を下げられて、『あらら、いいのよ。オホホホホ』と気持ち悪いぐらいお上品に笑ってみせた。

「お父さんは、まだ怒ってる？」

部屋でアイスを食べながら、僕は紅実に聞いてみた。

「怒ってるけどさ。お父さんより怒ってるのは私なの。ハルちゃんにあんなことするなんて許せないわ。お父さんが謝るまで、私、絶対口きかないんだ」

ベッドの縁によりかかり、僕は黙ってアイスをスプーンでほじった。紅実があんまり怒るので、なんだか僕は父親に同情してきてしまった。そりゃ、殴られたのは頭にくるけど、愛娘《まなむすめ》が男とキスしてるところを見れば、どんな父親だってそりゃカッとするだろう。

「僕は、もう怒ってないからさ。紅実ちゃんもお父さんのこと許してやれよ」

プンスカ怒っている紅実に、僕は笑ってそう言った。

「でも……だってさ、ハルちゃんのこともあるけど、私、お父さんには前から頭にきてたのよ」

「どして？」

「聞いたでしょ。門限五時よ、五時。部活もするなってことじゃない。私だっていつまでも子供じゃないんだから、もっと自由にさせてほしいわ」

「警部なんかやってて、悪い男いっぱい見てるから余計娘が心配なんじゃないのかな」

彼女はスプーンをくわえたまま、僕の顔をじっと見つめる。

「……ずいぶん、お父さんの肩持つのね」

「そんなんじゃないよ。どうせつきあうなら、僕だって紅実ちゃんのお父さんとうまくやってきたいしさ」

『つきあう』という台詞《せりふ》で、部屋の空気がまたリリカルになってしまった。僕も紅実もポッと頬を染めてアイスクリームをスプーンでほじる。しばらくモジモジしていたが、僕は意を決してこう言った。

「お父さんの怒りがおさまった頃にさ、ちゃんと挨拶《あいさつ》に行くよ。土下座してでも、つきあうこと許してもらうから」

まるでプロポーズの言葉みたいになってしまった。クサいことを言ってしまった自分が恥ずかしくて、僕はうつむいてアイスをシャカシャカ食べる。

「……ありがと。うれしい」

ふと顔を上げると、紅実の顔が僕のすぐ目の前にあった。はにかんだように少し笑うと、紅実はそっとまぶたを伏せる。僕は手に持ったアイスをポトリと落とした。

キ、キスしていいってことかいなっ⁉

僕は震える腕を紅実の肩にまわし、そっと自分のほうへ引きよせる。彼女はちょっとからだを固くして、それでも僕の腕の中へ寄りかかった。

頭の中を流星が猛スピードでかけぬけていき、もう何も考えられなかった。静かに顔を寄せると、彼女のマシュマロみたいに柔らかい唇が触れた。

今度は邪魔をする奴は誰もいなかった。僕と紅実は長い時間——といってもそう感じただけで実際は三十秒ぐらいだったかもしれない——おたがいのぬくもりを感じあった。そっと顔を離すと、紅実はまつ毛を伏せて僕の腕の中にグッタリと寄りかかる。僕も緊張がドッと解けて、紅実の頭に自分の頰をつけた。

ただ、唇を合わせただけのキスだったが、初心者の僕たちはすっかりそれで力が抜けてしまった。掌《てのひら》で紅実の髪を撫《な》でてみる。子猫みたいな手触りと、シャンプーのいい匂いがした。制服を通して、彼女のからだの重みが伝わってくる。心地好《よ》いその重さに僕は強烈な幸福を感じた。こうやっていられるなら、もう何もいらないと思った。

ところが。頭の中はすっかり無欲になっていたのに、僕のからだが頭の中を裏切りはじめたのだ。すっかりいい気持ちになっていたら、下半身が何やら反応をはじめてしまった。僕はそれに気がついて、死ぬほどあせってしまった。う、嘘だろ、おいっ。こ、こんな時に何考えてんだ、やめろっ。

心の中で下半身を怒鳴りつけても、彼はしらん顔である。幸いまだ紅実は気がついていないようで、僕にもたれてウットリと目をつぶっている。

その顔を見て、意識がふっと遠ざかる気がした。意志に反して、左手が彼女の胸に近づいていく。よ、よせっ。よすんだ、小春っ。

指の先が紅実の胸に触れる直前に、予感したのか彼女はパッチリ目を開けた。反射的にバッと手をひっこめる僕を、紅実は目を丸くして見あげる。それから、視線をゆっくり僕の下半身に下ろしていった。

気まずい沈黙が流れたかと思うと、紅実の右手がスローモーションのようにひらりと上がった。

「違うんだっ！」

叫んだとたんに、僕の頬に彼女の掌がすっ飛んでくる。クソオヤジに殴られたのと同じところを叩《たた》かれて、僕は思わず呻《うめ》いてしまった。

「何が違うのよっ！　ハルちゃんの、ド・スケベッ！」

赤い顔に涙を浮かべて、紅実が叫ぶ。あっという間に彼女は立ちあがって、部屋を飛び出していった。

「ご、誤解だっ！　紅実ちゃん、待てよっ！」

手で殴られたところを押さえながら、僕は慌てて彼女を追った。転がるように階段を下りると、紅実が急いで靴をはいている姿が見える。ダッシュしたとたん、彼女の姿が玄関の外へ消えていった。捕まえて謝らなければ。今ここで紅実に誤解をさせてしまったら、信用を取り戻すのに膨大な時間がかかることを僕は直感していた。

靴もはかずに玄関を飛び出したその時、僕は何かとイヤというほど強く衝突してしまった。再び顔の腫《は》れに激痛が走り、僕はあっけなくその場にすっ転がった。

「小春っ！　どこ見てんのよっ！」

怒鳴られて、僕は地面に顔をつけたまま目を開ける。サクラ姉ちゃんが、玄関先に尻餅《しりもち》をついているのが見えた。短いスカートの中のパンツが見えても、僕は全然嬉《うれ》しくなかった。不覚にも、涙がこぼれた。

「……なんつう間の悪い時に帰ってくんの？」

僕は地面につっ伏したまま、涙ながらに呟《つぶや》いた。サクラは立ちあがると、スカートについた泥をはらってニヤリと笑った。

「今、あの女の子とすれちがったわよ。泣いてたみたいね」

「……………」

「ドジもいいとこね、迫るなら、もっとムードのいいとこにしなさいよ」

サクラも僕が欲情して、紅実に迫ったのだと思いこんでいるようだ。違う。本当に違うんだ。そりゃ、ふたりきりになりたいとは思ったさ。だけど、キスできればラッキーぐらいのことしか考えてなかった。観音様にもイエス・キリストにもアラーの神にも誓いましょう。なんかしようなんてことは、かけらも思ってなかったのだ。それなのに、僕の下半身が勝手にその気になって張りきっちまったんだよぉ。

僕はむっくり起きあがると、玄関でヒールを脱ごうとしているサクラを呼び止めた。

「待てよ。半分ぐらいは、姉ちゃんのせいなんだぜ」

「何言ってんの。自分のドジを人のせいにしないでよ」

僕はツカツカ姉に歩み寄ると、腕をひっつかんで階段をダンダン上がった。

「ちょっと、小春っ。八つあたりもいいかげんにしなさいよっ。そんなことだから、いつまでも童貞……」

「話があんだよっ」

サクラの言葉を遮って、僕は部屋に彼女を連れていった。勉強机の椅子に、僕は姉を座らせた。

「もうっ、話って何よっ。男のくせにヒステリーなんだから」

足を組み、サクラは長い髪を不機嫌そうに背中へ払った。僕は放り出して溶けてしまったアイスのカップをゴミ箱へ捨てながら、彼女をジロリと睨《にら》む。

「頼みがあんだよ」

「何？　お小遣い？　少しなら貸してもいいわよ」

「違うよ。あんな仕事なんかもうやめろよ」

サクラは珍しいものを見るように、僕の顔をキョトンと眺めた。

「今までは姉ちゃんが裸で雑誌やDVDに出ても、姉ちゃんの自由だと思ったよ。だから、べつに文句も言わなかった」

「じゃ、いいじゃない。突然、どうしたのよ」

「この前、紅実が姉ちゃんのビデオ見たんだよ」

僕は紅実が姉の出ているDVDを見た時の感想を、そのまま姉に伝えた。サクラの表情が微妙に固くなってくる。

「あたしがあんなのに出てるから、紅実ちゃんがびっくりして、小春を警戒してるってこと？　だから、やめてほしいわけ？」

「そうだよ。言っとくけど、今日、紅実を襲おうなんてこれっぽっちも思ってなかったんだぜ。姉ちゃんのビデオ見て、紅実は必要以上に男をスケベだと思いこんじゃってんだよ」

「ふん。スケベ心がないとは言わせないわよ、小春」

鼻で笑うサクラを見て、僕はカッとしてしまい拳《こぶし》を机にふり下ろした。バンッという大きな音に、さすがの姉も少しひるむ。

「ああ、僕は童貞だよっ。頭の中は妄想でいっぱいだよっ。だけど、一番好きな女の子をところかまわず襲ったりしねえんだよっ！」

「……小春？」

「姉ちゃんがやりたいんならなんでもやりゃいいさと思ってたけど、やっぱり紅実の言うことは正しいよ。姉ちゃんの仕事はまともじゃないよっ！」

勢いで怒鳴ってしまうと、部屋に重い沈黙がやってきた。サクラはじっと腕を組んだまま、窓に顔を向けている。あんまりサクラが黙っているので、僕はなんだか不安になってきてしまった。きっと、あの無表情な顔の下で、生意気な弟をどうやってこらしめてやろうかと考えているに違いない。僕は子供の頃、姉ちゃんの胸をふざけて触って、鼻血が出るまで殴られたのを思い出した。怒ると想像以上にこわいのだ、この人は。

突然サクラがすっと立ちあがったので、僕は拳が飛んでくると思い、反射的に頭を抱えた。

「……考えてみる」

小さくそう言うと、姉は僕の頭をポコンと弱く叩いた。襖《ふすま》を開けて、サクラは部屋を出ていく。姉らしくない弱いパンチと、その肩を落とした後ろ姿に僕は茫然《ぼうぜん》とした。後味の悪さが、溶けたアイスみたいに胸にドロッと残った。

後味の悪さは、案の定、いつまでも胸から消えていかなかった。

学校で紅実をつかまえ謝ろうと思ったのに、彼女は僕を避けまくった。声をかければ聞こえないふりをして席を立ってしまうし、紅実の女友達に仲裁を頼んでも『しばらく小春君とは話したくない』と伝言がかえってきてしまう。

つきあいはじめて一日で喧嘩《けんか》してんの、とクラスメートたちはポソポソと噂話に花を咲かせている。ちくしょうっ、人の気も知らないで嬉しそうに噂すんじゃねえよっ！

僕は泣きたい気持ちをぐっとこらえて、毎日学校へ通った。紅実は女の子たちにまざって、いつもと同じように笑っている。情けないと思いつつも、僕はいつも目の端っこで紅実の姿を追っていた。

教科書を読む紅実の横顔や、女の子たちとお弁当を食べる紅実の背中を、僕はそっと見つめた。ほんの一瞬目が合うと、彼女の顔が悲しそうに曇る。僕は頭をかきむしって叫び出したい気分だった。

いったいどうやって仲直りしたらいいんだろう。紅実の気持ちが落ち着くまで、じっと待っているしかないんだろうか。でも『やっぱりハルちゃんとはつきあっていけない』なんてところに気持ちが落ち着いちゃったらどうするんだ、弁解ぐらいさせてほしい。頼む、紅実。もう一回『ハルちゃんっておもしろい』って笑ってくれよ。

どんよりした毎日がナメクジのように過ぎていき、仲直りのきっかけさえつかめないまま二月がやってきてしまった。

今日、二月四日は例のCM撮影の日だ。紅実と喧嘩さえしていなければ、口笛吹いてスキップしちゃうぐらい浮かれていたかもしれない。口笛を吹いてスキップしているのは、横を歩いているウメだ。僕は恨めしげに彼をジロリと睨む。

「辛気くさい顔してんなよ、ハルちゃん」

駅の階段を登りながら、ウメは明るく僕の肩を叩《たた》いた。

「あんまり浮かれてんじゃないぞ、ウメ」

僕は冷たくそう言い返した。

「CM撮るったって、何やらされるかわかんないからな。用心してろよ」

「小春といい鶴子といい、気をつけろだの用心しろだの、ちょっと被害妄想なんじゃない？　渡る世間に鬼はナシ、入る便所に紙はナシっていうじゃんか」

ケケケと笑いながら、ウメは駅のトイレの扉を押した。あきれた僕は、もう何も言うまいとブスッたれて制服の上着を脱ぐ。学校へ行くふりをして家を出たので、持ってきた私服に着替えるのだ。

「小春、まだ紅実ちゃんと喧嘩してんのかよ」

鼻歌を歌いながら、ウメが聞いてきた。僕は返事をせず、シャツの上にセーターをかぶった。

「喧嘩したら、男から折れてやんなきゃ駄目じゃんか。悪いと思わなくても悪かったって謝る。それが女の子とつきあうコツってもんだよ。いつまでも泣かしたままじゃかわいそうじゃないの」

そう言われて、僕はカチンときた。自分のことは棚に上げて、勝手なことを言ってくれるじゃないの。

「かわいそうなことしてんのはどっちだよ」

鏡に向かって髪をなおしていたウメが、僕のほうを振り向く。

「え？」

「おまえ、最近鶴子に会ったか？」

「会ったよ。それがどうかした？」

「何か様子が違わなかったか？」

僕の不機嫌な態度に首をかしげつつ、ウメは薄く笑った。

「べつにいつものとおりだったよ。なんかあったのか？」

「おまえ、鶴子のことどう思ってんだよ。ちゃんとつきあう気あるのか？」

突然そんなことを聞かれて、ウメは目を丸くした。

「駅の便所でする話じゃないでしょ」

「うるせえな、聞けよ。鶴子はおまえのこと本気で好きなんだって言ってたよ。それをおまえはなんだよ、チャラチャラしてばっかで」

僕は鶴子がウメに会いに東京から来た時のことをかいつまんで話した。帰りに言っていたしおらしい台詞《せりふ》も、すっかり印象に残っていたから丸々教えてやった。

「そんなこと言ってたのか、あの子……」

「そうだよ。ほかの女とデートしたことまで、どうして鶴子に自慢すんだ？　鶴子は無理して平気な顔してんだよ。遊びならやきもち焼かせるようなことすんな。本気なら、もっと安心させてやれよっ」

モグモグ口を動かしたかと思うと、ウメは洗面台に手をついて放心したように床を見つめた。僕はジーンズにはきかえようと、制服のズボンを脱ぎながら、肩を落としたウメを横目で見る。ウメが予想以上に動揺してしまった様子で、僕はなんだか困ってしまった。

「……鶴子はいつ会ってもあの調子でさ。強気で生意気で、そんなしおらしいこと、一回も言ったことなかったんだよ」

ウメの落ちこんだ声など、僕ははじめて聞いた気がする。

「だから、俺、便利に使われてるだけだと思ってた。まさか、俺のこと本気で好きだなんて……」

「撮影が終わったら電話してやれば？」

ウメは床に視線を落としたまま、コックリと頷《うなず》く。僕の説教は、ずいぶんウメを反省させたようだ。僕はすっかりいい事をした気分になってしまう。

「ま、これから少しは真面目になって、女の子を大切にしろよっ」

僕は得意になってウメの背中をバンと叩いた。うつむいていた彼は僕のほうをゆっくり振り返る。その目には、いつもの意地悪い光が戻っていて、僕は思わず一歩下がった。

「偉そうなこと言ってくれるじゃない。パンツいっちょうで」

まだジーンズをはいていなかったことに気がついて、僕は慌てて片足をジーンズに突っこんだ。

「ハルちゃんは人にご意見できるような身分かな？　俺は聞いたぞ」

「な、何を？」

「紅実ちゃんとキスした時、下半身が張りきっちゃったんだって」

額に脂汗がタラリと垂れた。お、おい。あの時のこと、僕は誰にも話してないよな。

「どうして俺が知ってんのかって顔だな」

「どどどっから聞いてきたっ？」

「紅実ちゃんが、女の子の友達に相談したんだよ。女の子っていうのはかわいいけど、どうもおしゃべりでいけないなあ。俺がちょっと聞いたら、絶対内緒よって教えてくれたんだ」

な、何が絶対内緒だ。しゃべってんじゃないか。

「紅実ちゃん、なんて言ってたと思う？『男の子ってやっぱり最後までしないと気がすまないの？　どうしてそんなに急ぐの？　からだをあげないと男の子って離れていっちゃうものなのっ？』だってさ」

クネクネと女言葉で言うウメを、僕は片足だけジーンズに足を入れた格好で、茫然《ぼうぜん》と見つめた。その間抜けな格好のまま、僕はしゃがみこむ。

そんなつもりじゃなかったんだっ。そりゃ、からだは正直に反応するさ。でも紅実にそんな思いをさせようなんて思ってなかったんだよ〜っ。
僕は自分の下半身が恨めしかった。駅のトイレにしゃがみこみ、頭を抱える僕を
『わかるわかる、その気持ち』とウメが頭を撫《な》でて慰めてくれた。

吉岡との待ち合わせの駅は、都心からちょっと外れたベッドタウンだった。すぐそこの河を渡れば、僕らが住む千葉県だ。余裕を持ってきたので、約束より十分も早く着いてしまい、僕らは北風の吹く改札口に震えて立っていた。見あげる空はどんより曇り、今にも白いものが落ちてきそうだ。

「しっかしなぁ。本当に俺たちコマーシャルに出れるのかな。なんだかヤな予感がすんだよな」

「今さら何言ってんだよ。被害妄想すぎるって言ってたのはおまえだろ」

ここへ来て弱音を吐くウメに文句を言っていると、駅前のロータリーに小ぶりのトラックが入ってきた。助手席から顔を出した男がこっちに手を振っている。ホットメイトの吉岡だ。

「寒いところご苦労さん」

　僕たちがペコンと頭を下げると、彼はトラックの後方を指差し、

「荷台で悪いんだけど、乗ってくれよ。つなぎが置いてあるから着替えておいてくれないか。すぐ着くから、ちょっと寒いの我慢しててな」

いつものように愛想のいい吉岡の顔に、僕たちは少しホッとした。トラックの腹には『白クマ運送』という文字と、ひいきめに見ても上手ではない白クマの絵が描かれている。この『白クマ運送』のCMに出るのかと納得しながら、僕とウメは荷台に乗りこんだ。

がらんとした荷台には、カメラとほんの少しの機材が積んであり、その横にビニールに入ったつなぎが二着置いてあった。それに着替えようと服を脱ぎだすと、ブルンとエンジンの音がして、トラックがゆっくり走りだした。

「ううっ、さみいっ。こんな薄いつなぎで一日外にいたら風邪ひいちゃうよ」

ブルーのつなぎのチャックを上げながら、ウメが愚痴をこぼす。

「仕事なんだから、しょうがねえよ」

「本当にギャラがもらえるんだろうなあ」

「さあね」

着替えてしまうと、僕とウメは荷台の外を後ろ向きに流れる景色をぼんやり見た。どこにでもあるような商店街をトラックは走っていく。商店街を抜け、住宅地に入ったかと思うと、トラックはスピードをゆるめた。外に顔を出すと、パッと見では何屋だかわからない小さな店があった。店先にはひびの入った火鉢や古びた椅子が置いてある。

エンジンが止まり、運転席のドアが開く音がしたので、僕たちも荷台から飛び下りた。吉岡と車を運転していた男がやってくる。

「この店で撮るからさ。セッティングするまでちょっと待ってて」

「……古道具屋ですか？」

「骨董品《こっとうひん》屋だよ」

同じようなもんじゃんと思っていると、その店からスーツを着た若い男が出てきた。ニッコリ笑ってこちらにやってくる。

「紹介するよ。こちらが旭《あさひ》広告の遠藤《えんどう》さん。それからカメラの田所《たどころ》君」

トラックの運転をしていたセーター姿の男がカメラの田所で、店から出てきた男が広告代理店の遠藤という男だった。

店から出てきた遠藤という男は、スーツの内ポケットから名刺を取り出した。

「なかなか、ふたりとも男前だね。カメラ写りが良さそうだ」

お世辞とわかっていても、そう言われるとちょっと嬉《うれ》しい。僕とウメは『はあどうも』と頭をかいた。

待つように言われて、僕とウメは店の前に立ち、彼らの様子をぼんやり眺めた。

カメラマンの田所は、荷台から機材を下ろして何やらカメラの調整をしている。吉岡と広告代理店の遠藤は、店の中を覗《のぞ》いて小声で何か相談していた。吉岡と遠藤は背格好も年齢もだいたい同じ感じで、タイプがすごくよく似ていた。吉岡に口髭《くちひげ》がなかったら、見まちがえてしまうかもしれない。

スタッフはその三人で全部のようだった。もう少し大勢スタッフが来るのかと思っていたので、僕は少し不安になる。

「なあ、ウメ」

「あん?」

「これだけで撮るのかな」

「こんなモンなんじゃないの。俺たちみたいな素人使うぐらいだから予算がないんでしょ」

そう言われるとそうかもしれない。僕はプルンと首を振った。今さらグチグチ考えるのはやめよう。だいたいカメラも来てるし、引っ越し屋のトラックもあるんだ。初仕事なんだから、張りきってやるしかない。

「じゃ、小春君、梅太郎君。お願いします」

呼ばれて僕たちは店の中へ入った。小さい店内には、年季の入った簞笥《たんす》や仏像が壁にそって並べられ、中央のガラスケースには漆塗りのお椀《わん》や模様の入った大皿が所狭しと並んでいる。一介の高校生の僕たちには、それらが高価なのかガラクタなのかまるでわからなかった。

「まず包装するところから撮るからね。そこの段ボールにガラスケースの中の物を入れてください」

撮影の指示は広告屋の遠藤がした。僕とウメは言われるまま、ガラスケースの中から食器や扇子を取り出し、新聞紙にくるんで段ボールに入れた。その様子を、田所と呼ばれた男がハンディカメラで撮っている。僕たちが動くと、カメラもちゃんとついてくるのがなんだかくすぐったくて嬉しかった。

「よし、次は荷物をトラックに積むところを撮りましょう。じゃあその段ボールからね」

僕とウメは大型の段ボールをよいしょと持ちあげて、店の前へ停めてあるトラックへ積みこむ。段ボールを運んでしまうと、次は簞笥、その次は仏像と僕らは言われるままトラックへ積みこんだ。

「もっとキビキビした感じを出してっ。そう、ふたりともこっちに顔を向けて、ニッコリ笑うっ。そうそう、いい感じだよっ」

僕とウメは腰が抜けそうに重い簞笥を持ち上げ、額に汗をかきながら楽しくってしかたないって顔を作った。店の前を通りかかったおばさんたちが『いったい何事？』という顔で覗きこむと、吉岡が『CM撮影なんですよ』と愛想よく答えた。

三十分ぐらいの間、引きつる笑顔で店の中の物をトラックに運びつづけたが、いくら若さみなぎる僕たちだって体力の限界というものがある。僕とウメはヘロヘロになって座りこんだ。

「す、すみません。少し……や、休ませてください」

ゼイゼイ肩で息をしている僕たちを見下ろして、吉岡たちは肩をすくめた。

「そうだな。じゃ、ちょっと休んだら、先に台詞《せりふ》でも撮るか」

「吉岡さん。ちょっと聞いていいですか？」

僕は脱力したまま、手を上げる。

「何？」

「トラックに積んだ荷物、撮影が終わったら、また僕たちが下ろすんでしょうか」

それを聞いて吉岡は、アハハハと大きな口をあけて笑った。

「下ろすのは、僕たちでやるから安心してよ。十五秒のＣＭでも普通これくらいは撮るんだ。いい表情のところを編集するからさ」

僕とウメはあまりに疲れていて、吉岡が明るく言うのを右耳から左耳へ流していた。とにかく、もう重い物を持つのは勘弁してほしい。吉岡たちは床にグッタリしていた僕たちを、せきたててカメラの前に立たせた。

「はい、これは仕事なんだからね。そんな顔しないでニッコリ笑うっ」

僕たちは仕方なくふたりで並んで笑顔を作った。『力持ちの白クマ引っ越しマンがお手伝いしますっ』とカメラに向かって台詞を言った。

「よし。今度は『重い金庫もか～るがる』って言ってから、そこの金庫を持ちあげて」

僕とウメは顔を見合わせた。店の端に置いてある黒い金庫は、僕の膝《ひざ》ぐらいの高さがあって見るからにズッシリ重そうだ。こんなもん持ちあげたら腰が再起不能になっちまうよ。

「ほら、ボーッとしないで早くやるっ。持ちあげてトラックまで運ぶところを撮るからね。ハイ、スタートッ」

僕たちは仕方なく『重い金庫もか〜るがるっ!』とやけくそまじりに言い、抱えこむように金庫の底に手を入れた。

「せえのっ」

やっとの思いで持ちあげ、ヨロッと二歩ほど歩いた時のことだった。

ジリリリリリリリリッ!! と非常ベルのような音が突然どこからか聞こえてくる。

僕とウメはびっくりして金庫を下ろし、吉岡たちのほうを振り返った。

三人の顔色がさっと変わり、吉岡が『行くぞっ!』と怒鳴ったとたん、広告屋の遠藤もカメラを担いだ田所も店の外へダッシュしていく。

「ちょっと吉岡さんっ! なんだよっこれ!」

僕が慌てて吉岡の腕をつかむと、彼はものすごい勢いで僕をつき倒した。床にすっ転んだ僕が仰天して顔を上げると、吉岡は店のレジを開け、中のキャッシュをひっつかみ、猛然と店の外へ飛び出していく。

「て、てめえらっ! 待てよっ!」

とっさにヤバいと思った。全速で彼らのあとを追いかけ外へ出ると、トラックがブルンと排気ガスを噴き出し、急発進したところだった。追いつけるわけがなかったが、僕はありったけの力で車を追いかける。車のナンバーだけでも見てやると思ったのに、ナンバープレートにはちゃんとガムテープが貼られ、読めないようになっていた。いくら走っても車はどんどん距離を広げていく。

「ち、ちくしょうっ！　待ちやがれっ！」

叫んだとたん、とうとう足がもつれ、僕はアスファルトの上にイヤというほど強く転んでしまった。

「う、嘘だろ、ちくしょうっ！　なんなんだよっ、これはっ！」

突然の出来事に、頭の中がパニックになった僕は、道に転んだまま拳《こぶし》を振りあげてわめいた。すると店のほうからウメの叫ぶ声が聞こえてくる。

「こはるーっ！　こはるっ、来てくれよっ！」

ハッとして僕は急いで店に戻った。店先にいたウメは、泣きそうな顔で僕を手招きする。

「……奥からなんか声が聞こえると思ったらさ。見てよ……」

ウメは店の一番奥にある扉を開けて、僕に中を見せた。覗きこんだとたん、頭の芯《しん》にめまいを感じた。

そこにいたのは、たぶんこの店の店主なのだろう。初老の男が両手両足をしばられ、口にガムテープを貼られてウンウン唸《うな》っている。僕とウメを見あげる目が、怒りで真っ赤に燃えていた。

「ど、どうしよう。小春っ」

「ど、どうしようったってさ。とにかく、助けないと」

転がっている店主を起こし、口に貼ってあるガムテープをはがしたとたん、彼は唾《つば》を飛ばしてわめきだす。

「このコソ泥めっ！　こんなことしてただですむと思ってんのかっ！」

「オッサン、オッサンッ。違うよ。おいらたちがやったんじゃないよっ」

「うるさいっ！　おまえら金庫を動かしただろうっ。おあいにくさまだったな、あれを動かすと非常ベルが鳴るようになってるんだ。警備会社の人間がもう外に来てる頃だろよっ！」

「そ、そんな。僕たちだってなんにも知らないうちに巻きこまれて……」

半泣きになった僕の肩を、誰かが後ろからポンと叩《たた》く。おそるおそる振り返ると、ゴリラのようにでっかい警備員がふたり、こん棒を持って立ちはだかっていた。

「続きは、警察で言うんだな」

あっという間の出来事に、僕とウメは愕然《がくぜん》と顔を見合わせる。プロレスラーのような警備員がさっと僕の手首をつかんできたかと思うと、容赦なく背中へひねり上げた。

「いてててててっ！　僕たちが何したって言うんだようっ！　放せっ、馬鹿やろうっ！」

# 6

「バカヤロウはおまえたちだ、馬鹿野郎」

僕たちに岩石のような顔を寄せ、紅実の父親が低くそう言った。

あの僕を殴ったクソオヤジだ。どうしてこんなところで会ってしまうのだろう。僕と紅実の小指につながれた赤い糸は、ついでにクソオヤジまで引っぱってきてしまったのだろうか。運命の女神をこれほど憎んだことはない。

あの後、警備員の通報で警察がパトカーで飛んできた。僕とウメが必死で事情を説明しようとするのを『署で聞く』のひと言で片づけ、僕らはパトカーに乗せられた。

パトカーの中でガックリ頭を垂れた。もしかしたら、取り返しのつかないことをしてしまったのかもしれない……。

警察署に着くと、僕とウメはテレビドラマで見るような取り調べ室に連れていかれた。取り調べ室には、テレビで見るのとはまったく違う、ぬぼっとした眼鏡の刑事が

待っていた。スチール椅子に座らせられた僕とウメが、

「誤解ですっ！　僕たちは何も知らないでやらされただけなんですっ！」

と勢いこんで事情を説明しようとすると、疲れた背広を着た眼鏡の刑事は、背広と同じぐらい疲れた声で『順番に聞きますから』と僕たちを押し止《とど》めた。

それこそ刑事ドラマのように『おらおら早く白状しちまいなボケッ』と責められるかと思っていたのに、その刑事はボソボソと事務的な口調で事の次第を聞いてきた。なんだ、さすがニッポンの警察、ずいぶん紳士的なんじゃんかとホッと息をついた時のことだった。

取り調べ室のドアをバンッと開けて、入ってきた男がいた。ウメも眼鏡の刑事も突然の乱入に驚いていたが、僕ほどではないだろう。僕は岩のようなその顔を見て、反射的に窓から飛び下りようかと思ってしまった。でも、窓にはちゃんと鉄格子がはまっていたので、逃げることはできなかった。紅実の親父だった。

「コソ泥野郎が捕まったって言うから、何気なく書類を見たんだよ。そうしたら、岡花小春って書いてあるじゃねえか」

さっきパトカーの中で書かされた、身上書を手にオヤジは近寄ってくる。恰幅《かっぷく》のいいからだを包むダブルの背広は、警部というよりはヤクザの親分みたいだ。

「こんなところでまたお会いできるとは、嬉《うれ》しいじゃねえか、小僧」

柔らかい口調の中に、今まさに爆発しそうな怒りが見え隠れしている。絶望という言葉は知っていても、実感したのははじめてだった。

「……バカヤロォ……」

こんな状況に僕を追いつめたすべてのものに、ぼくはバカヤロウを言った。もちろん、それには僕自身も含まれる。

紅実の父親は、取り調べ室の隅に椅子を置いて、部下の刑事が事情聴取をするのを、じっと腕を組んで聞いていた。僕が何か言うたびにピクリピクリとこめかみが動く。それがこわくて、落ち着こうとしても声が震えてしまう。

「……小春、あのオッサン何者だよ。知りあいか？」

覇気のない眼鏡の刑事が調書を書いている隙に、ウメが顔を寄せて聞いてきた。

「……紅実ちゃんの親父」

「……う、嘘っ」

「……嘘だったらどんなにいいだろうね、まったく」

取り調べはちょっとやそっとの時間では終わらなかった。僕たちが最初に吉岡たちと接触したきっかけから、そのあとどこで会ってどういう会話をしたかまで、些細《ささい》なことも洩《も》らさず調べられた。三十代前半に見える疲れた背広の刑事の口調は決して乱暴ではない。なのに、長い時間ネチネチと質問されると、精神的拷問にかけられているみたいだった。

吉岡たちがあれから捕まったのか、僕たちはこれからどうなるのかと質問しても『その話はあとです』と無視されてしまう。自分がどういう状況に置かれているのかわからないのが、いっそう僕たちを不安にさせた。

事情を最初から最後まで、全部話し終える頃には、僕もウメも頰がゲッソリしてしまった。窓の外はすっかり暗くなっていて、指先や爪先《つまさき》が氷のように冷えて力が入らない。それに朝メシを食ったきりだったので、猛烈に腹が減っていた。刑事ドラマだったら、カツ丼かなんかとってくれるのになあ。

「斉藤警部、いちおう終わりましたが」

眼鏡の刑事が、無表情にそう言って立ちあがった。

「よし。きみは一時間ぐらい休憩しててくれ」

一黙礼すると、眼鏡の刑事はさっさと部屋を出ていく。ま、待ってくれよ。このオッサンだけになったら何されるかわかんないよ。

部下が部屋の扉を閉めたのを確認すると、案の定、こちらに向きなおったクソオヤジの目が変わっていた。メラメラ怒りの炎が燃えている。僕とウメは思わず椅子ごと後ろに下がった。

「そんな顔せんでいい。署の中じゃおまえらを殴れはせんっ」

そう言いながら岩石頭の親父はじりじりと僕たちに迫ってくる。台詞《せりふ》を裏切り、今にもあの頑丈そうな拳《こぶし》が飛んできそうで、僕たちは震えあがった。

「おまえらみたいな馬鹿モンがいるから、世の中から犯罪がなくならんのだっ!」

ビリビリと部屋中が震えるような大声に、僕はカメのように首をすくめる。

「で、でも。今全部話したとおり、僕たちはただCM撮影だとだまされて……」

よせばいいのに、ウメが卑屈に言い訳すると、また雷がドドーンと落ちた。

「黙れボケッ! 自分たちのしたことがまだわからんのかっ! 一回痛い目にあってみるかっ!」

その時、取り調べ室のドアがノックされる音がした。チッと舌打ちをすると、彼は振りあげた拳を下ろす。署のなかじゃ暴力はふるえないと言っておいて、僕たちを油断させる気だったんだろうか。絶対本気で殴る気だった、このオヤジは。

「資料が揃いました」

まだ二十代前半ぐらいの制服の警官が入ってきて、オヤジに書類袋を渡した。袋の中身をざっと確認すると、彼は四つ切りサイズの写真を僕らのほうへ向ける。

「いんちきプロダクションの男というのは、この男だろう？」

見せられたモノクロ写真には、髭《ひげ》がなく髪型が違う吉岡が写っていた。あらためて吉岡の顔を見ると、心の底から怒りがこみあげてきた。

「詐欺の常習犯だ。ここのところ三件、おまえらみたいな若いのがだまされて、犯罪の片棒を担がされとる。テレビに出してやるというのがこいつらの手口でな、前二件の奴らもいとも簡単にだまされとったよ」

呆《あき》れきった顔で紅実の父親は言うと、資料を持ってきてそのまま部屋の隅に立っていた若い警官に顔を向けた。

「被害額は出たか？」

「は。およそ五千万円です」

「ご、五千万円っ！」

僕とウメは思わず声を揃えてしまった。

親父はニヤリと笑うと、腕を組んでゆっくり首を振った。

「かわいそうに。一生働いても、返せないだろうなあ」

「警部さんっ、僕たちどうなるんでしょうかっ」

泣きそうになってすがりつくウメを、彼は持っていた書類でバチンと叩《たた》く。

「阿呆《あほう》、少しは頭を使って考えろっ。世の中には保険ってもんがあんだよっ。金は保険会社が払うし、罰はその詐欺師をとっ捕まえて食らわすんだ」

「じゃ、僕たちは無罪放免ですか……？」

希望の光を見た気がして、僕の口から思わずその言葉がもれてしまった。

「なめんじゃねえぞ、小僧っ！」

とたんに僕の横っつらに書類の束が飛んできた。鼻のつけ根に激痛が走り、生あたたかいものが鼻の奥からこみあげる。思わずうずくまった僕を、ウメが背中をゆすってきた。

「こ、小春っ。血が出てるぞっ」

「……大丈夫、なんでもない……」

「け、警部っ、怪我させちゃまずいっスよ」

鼻血を出した僕に、若い警官が駆けよってハンカチを渡してくれた。

「うるせえっ、おまえに言われなくてもわかっとるわいっ。だいたいおまえはさっきからなぜ出ていかんっ。まだ用事か？」

「あ、いえ……あの、岡花君にちょっと聞きたいことがあって」

オドオドした若い警官を、僕は鼻を押さえて見あげた。

「聞きたいことだと？　なんだそれは」

「あの、個人的なことなので……のちほど聞きます」

「今聞け。それともわしの前では言えないようなことか？」

彼はビクッとからだを震わせた。情けないまなざしを僕に向けると、仕方なさそうに口を開く。

「事件には関係のないことだと思うのですが……」

「ぐずぐず言ってないで早く言え」

「は、はいっ。あの、身上書に書いてあるお姉さんの岡花サクラさんというのは、テレビに出ているあのサクラさんですか？」

ピッときをつけをして、若い警官はそう聞いてきた。僕は赤く染まったハンカチに目を落としたまま固まってしまった。

なんだよ。こんなところで何もそんな話を持ち出してくることないだろう？

「テレビだと？　タレントなのか？」

「い、いえ。あの、タレントというかなんというか……」

「ハッキリ言え！　おまえはそれでも警官か！」

強面《こわもて》の上司にズンと迫られて、若い警官はかわいそうなぐらいビビッている。僕は彼の代わりに、姉のことを教えてやることにした。

「そうです。テレビに出ている岡花サクラは僕の姉です」

親父がゆっくりこちらを振り返る。僕はすっかり自虐的な気分になっていた。隠したって調べればわかることなのだ。それなら自分の口から言ってしまったほうが潔い。

「サクラはタレントじゃなくて、グラビアの仕事をしています」

「グラビア？」

僕の言葉に親父は目を丸くする。

「というか、セクシーアイドルとしてすごい人気で、最近テレビのクイズ番組とか普通のドラマなんかにも出てて」

嬉《うれ》しそうな顔で解説する若い警官に、親父は顔を向ける。

「で。おまえはその女のファンなのか？」

「は、はいっ。そうなんです。だから、つい聞いてみたくなって」

全部言い終わる前に、親父の鉄拳《てっけん》が警官の顎《あご》にアッパーを食らわせていた。彼はあっけなく壁へふっ飛んでいく。

「どいつもこいつも近頃の若いモンは大馬鹿ばっかりじゃねえかっ！」

よっぽど頭にきたのか、親父は力まかせに僕たちのまえにあった机を足で蹴《け》った。派手な音をたてて机が倒れる。

「姉ちゃんはセクシーアイドル、弟はテレビに出たいばっかりに詐欺に引っかかった大間抜けかっ！」

「姉のことは、事件とは関係ありません」

低く言うと、親父は近寄ってきて平手で僕の顔をもう一発バチンと叩いた。

「いい気になるなよ、坊主」

ごつい手が伸びてきて、親父は僕の顎をつかみ自分のほうへグイと向けさせた。

「この際ハッキリ言ってやる。漫才師志望だかなんだか知らないが、おまえも相棒のこの男もただの馬鹿だ。カメラを向けられりゃ犬みたいに尻尾《しっぽ》を振っちまうんだ。おまえらの言う夢なんか、テレビに出て世間にチヤホヤされて、がっぽり儲《もう》けて外車に乗ってやるみたいなチンケな夢なんだろうよ。いいか、小僧っ。そんな浮わついた野郎に、わしの大事な娘をまかせられるかっ！　大きい口叩きたかったら、まっとうな人間になってみろっ！」

そのとおりだった。僕は返す言葉がなくて、親父の顔をうつろに眺めていた。

今思えば、吉岡たちの行動で変なところはたくさんあった。事務所に一度も連れていかれなかったことや、今日の撮影の時も肝心の引っ越し会社と骨董品《こっとうひん》屋の店主がいないことを変だと思わなければいけなかった。テレビ局の近くの店で待ち合わせ、芸能人を見せたのも、僕の気持ちを煽《あお》る作戦だったのだろう。

僕たちを使って重い荷物を運ばせ、カメラを回すことで、僕たちにも道行く人にも怪しませなかった。

冷静に考えればすぐわかることだったのに、言われたとおり、テレビに出たい気持ちが先走って僕は舞いあがっていたのだ。

悔しかった。吉岡のわざとらしい笑い声が耳の奥でまだ響いている気がして、頭をかきむしって叫び出したかった。

いい気になっていた自分が悔しくて、僕は両目をギュッとつぶった。夢も希望も、何もかもがガラガラと崩れていった。

僕とウメは、夜遅くまで延々とクソオヤジにしぼられた。

犯人は詐欺の常習犯だとわかっていたし、僕たちはただだまされただけなのが明白だったので、法的には罰せられずにすんだが、僕たちは指紋をとられ、学校への通報という罰をくらうことになった。

親が僕たちを引き取りに来るまで、とうとうカツ丼どころかそばも食べさせてもらえなかった。椅子から立ちあがると、空腹と疲労で足がよろける。

廊下に出ると、ウメの両親がソファから弾《はじ》かれるように立ちあがった。

「梅太郎っ！　こんの馬鹿っ、警察にご厄介になるなんてっ、親不孝者っ！」

「そうよっ、詐欺にあうなんて、そんなに頭が悪かったの、あなたはっ！」

梅の父親と母親は、ポカスカと彼を殴りつける。警官にまあまあとなだめられ、ふたりは怒りながらウメを引き取っていった。

僕を迎えに来ていたのは、意外なことに父親ひとりだった。体格のいいウメの両親の後ろに影のようにひっそりと立っていた父は、ウメたちが帰ってしまうと僕のほうへゆっくり歩いてきた。

「……父ちゃん」

「帰ろう」

ポンとそう言うと、彼は警官に頭を下げ、廊下を扉に向かって歩きだす。僕はさすがに少しビクついて、父のあとをついていった。いくら、おとなしい父ちゃんでも今日ばかりは怒るだろう。

警察署の扉を開けると、闇の中にかすかな音をたててみぞれが降っていた。地面に足を踏みだすと、ジャリッと霜を踏むような音がする。

みぞれの中を父ちゃんは何も言わず、停めてある車に向かって歩いていく。

「母ちゃんは？」

「母さんは家にいるよ」

父ちゃんの背中に聞くと、いつものように穏やかで弱々しい父の声がかえってくる。

僕はピタリと足を止めた。

なぜ怒らないのだろう、この人は。そんなに何もかもどうでもいいのだろうか。僕が警察に捕まろうがどうしようが、まるで興味がないのだろうか。

愛情をもって叱ってほしいなんて、そんな甘ったるいことを思ってるわけじゃない。

僕がいらいらするのは、父の無関心さだ。いったい何があったらこの人は怒ったり悲しんだりするんだろう。

「父ちゃん、僕、今日は帰らないよ」

車のドアを開ける父ちゃんに、投げつけるように言うと、彼はしばらく僕の顔を無表情に見ていた。

「遊びに行くなら行ってもいいが、気をつけろよ」

さらりとそう言って彼は車に乗りこもうとする。僕はあっけにとられ、思わず父ちゃんを引き止めてしまった。

「待てよっ！」

なんだ？　という顔で、父は顔を上げた。

「どうして怒らないんだよっ。あんたの息子はテレビに出ることばっかり考えてる馬鹿で、とうとう警察にまで捕まっちまってさ。あんた、頭にこないのかよ？」

我を忘れてわめく僕を、父は車の脇に立ち、檻《おり》の中のサルを見るような目で見ている。

「あんたはいつもそうだよっ。何もかも自分には関係ないって顔しやがって。僕も姉ちゃんも、まっとうな人間からほど遠いけど、あんたの子供なんだぜっ。自分の子供が大馬鹿なのが悔しくないのかよっ！」

駐車場に立った街灯が、コートを着た父と父の白髪に降るみぞれを映し出す。彼の表情が、スローモーションのように歪《ゆが》んでいくのが見え、僕は父が泣きだしてしまうのかとドキッとしてしまった。

ところが、父の表情はかすかな笑顔に変わっていった。

「悔しくなんかないよ。おまえもサクラも、ちっとも馬鹿なんかじゃない」

「……父ちゃん？」

「私が怒らなくても、今日のことはもう充分怒られて反省しただろう？　違うか？」

その穏やかな顔は、いつも父が浮かべている力のない諦《あきら》めきった笑顔とは全然違っていた。父がまるで別人のように見えてしまい、僕はゴシゴシと目をこする。

「世の中はうまくいかないことばかりだ。おまえもサクラも、外へ出てやりたいことをやれば必ずこういう痛い目にあうだろうと思っていた。でも、私は何も言わないことにしようと決めていたんだ」

父はサクサクと靴音をたてて車の後部に歩くと、キーでトランクを開けた。中からビニールの傘を出すと、それを持って僕のほうへ歩いてくる。

「自分のしたことは、ちゃんと結果になって自分にふりかかってくる。今日のことで、それがよくわかったはずだ。私がそれを言葉にして叱りつけたところで、おまえにはそれが飲みこめなかっただろう」

「……」

「おまえは私をだらしのない父親だと思っていただろう。実際そうかもしれない。でも、人には人のやり方があるんだよ。母さんには母さんのやり方があるし、私には私の考えがある。おまえにはおまえの、サクラにはサクラの人生があるんだ。私はなるべく口出ししない」

「……でも、父ちゃん……」

ビニール傘を僕に渡すと、父はまたかすかな笑顔を作った。

「今日はどこかで遊んでストレス発散してこい。母さんには私がうまく言っておく。そのかわり……」

僕は父の言葉の続きを待った。

「そのかわり、明日は家へ帰ってこい。わかったな」

ポンと僕の肩を叩《たた》くと、父ちゃんは車に乗りこみエンジンをかけた。夜の中へ消えていく車のテールランプを茫然《ぼうぜん》と見送っているうちに、僕はなんだかおかしくなってきてしまった。

一度プッと吹き出してしまうと、どんどんおかしさがこみあげてきて、僕はひとりでゲラゲラ笑ってしまった。

父ちゃんは、ずっと見ていたのだ。僕がコンテストに失敗して落ちこんでいるのも、顔を殴られて帰ってきたのも、ちゃんと見て知っていたのだ。それなのに、あえて何も言わなかったんだろう。

自分の子供を世の中という谷底につきおとして、這《は》いあがってくるのを待っている獅子《しし》のように？　それってずいぶん厳しいじゃんかよ。

だけど、子供は谷底から這いあがってくると絶対信じている父が、僕にはちょっとくすぐったく、誇らしい気もした。

父ちゃんの好意に甘えてパーッと遊んでストレスを発散しようと思ったのだが、どこへ行って何をしたら気が晴れるのかまったく思いつかなかった。

どうするか決められないまま、僕はガードレールに腰かけ冷えた携帯電話をいじっていた。指がしもやけになりそうだった。

道行く人々はコートの襟に顔を埋め、傘に隠れて足早に歩いていく。僕のことなど振り返る人は誰もいなかった。

紅実、紅実、紅実に会いたいよ。

笑顔が見たい、ふっくらした頰に触れたい。彼女の子犬のようなぬくもりが恋しくて、僕は表示された紅実の家の番号を見つめる。

駄目だ。もし今、紅実に会えたとしても、今の僕は彼女に何をしてしまうかわからない。

いったい僕はこれからどこへ行けばいいんだろう。どこへ行って誰に会ったらいいんだろう。自分の感情をこれほどまでに持て余してしまうのははじめてだった。そして僕はふと東京に知りあいの女の子がひとりで住んでいることを思い出した。

あいつを誘って、踊りにでも行こうか。

こんな時間に冗談じゃないわよ、と冷たく断られるかもしれない。ま、それならそれでいい。とにかく行ってみよう。

僕は鶴子に聞きたいことがたくさんあった。

みぞれ降る夜にそびえ立つ鶴子のマンションは、まるで宇宙都市のようにきらきらと光っていた。

この前来た時のように、壁に備えつけられたインターフォンで、僕は鶴子の部屋番号を押した。一拍間をおいて、カチャンとインターフォンが繋《つな》がる音がする。カメラに向かって僕は愛想よく手を振った。

「……もしかして、小春？」

「おう」

「こんな時間に何よ。用事？」

「お嬢さん、踊りにでも行きませんか」

「なんかあったの？　気でも狂ったの？」

「迷惑なのは知ってるんだけどさ」

フフンと鼻で笑う声が聞こえ、

「迷惑は迷惑だけど、クラブ行くならいっしょに行ってもいいわよ、着替えて下りてくからちょっと待っててよ」

鶴子はたいして嬉《うれ》しくなさそうにそう言うと、インターフォンを切った。僕もフフンと鼻で笑って、入り口の階段に腰を下ろす。

マウンテンパーカのポケットから、アイポッドを取り出して、イヤホンを耳に入れた。まわりに人はいないし、大きい声で歌ってみた。

僕はカッコよく生きていきたいと思っていた。刻むリズムに軽いステップ。表側を飾るんじゃなくて、僕は僕のやり方でエンジョイしたいと思ってた。

だけどこのザマはなんだ。紅実の親父の言うとおり、ただの自意識過剰の馬鹿な子供なのか僕は。

紅実を抱きたい、紅実を幸せにしたい。だけど、僕のすることは紅実を泣かせるだけなのか。僕がしようとしていることは、みんなまちがってたっていうのか。

「あなた、歌上手《うま》いじゃない」

イヤホンを外して振り向くと、コートを着た鶴子が真後ろに立っていた。

「こんな寒いとこで歌なんか歌っちゃって。よっぽどヤなことあったわけ？　言っとくけど、あたしは慰めたりしないからね」

「僕はいいから、ウメに電話して慰めてやって」

「なんのことよ？」

眉《まゆ》をひそめる鶴子に、僕は今日の出来事を話した。ホットメイトがやっぱりインチキ事務所で泥棒の片棒を担がされたこと、今まで警察に捕まって説教をくらっていたこと。

鶴子は息を止めて僕の話を聞いていた。だんだんその顔から血の気が引いていき、話が終わると、彼女はものも言わず携帯を取り出し、僕から小走りに離れて行った。

階段に腰を下ろし、僕は鶴子の電話が終わるのを待った。だんだん髪や頬に当たるみぞれの冷たさが心地よくなってくる。熱でも出たかな。

思ったよりも早く、鶴子は僕の方へ戻ってきた。

「どうした？　出なかったか？」

「駄目だわ。通じない」

足を乱暴に投げ出すようにして、彼女は僕の隣に座る。

「だから用心したほうがいいって言ったのに、あなたたち馬鹿よっ」

「なんせコンビ名が大馬鹿小馬鹿だから」

「ホントにそうね。それで自分の馬鹿さかげんが身にしみて、落ちこんでるってわけ？」

僕は返事の代わりに鶴子の顔を見て、薄く笑った。僕のリアクションに、彼女は眉《み》間《けん》に皺《しわ》を寄せる。

「あなた、変よ。いつもと違う」

「うん。おいら溜《た》まってんだ」

とたんに鶴子の拳《こぶし》が横からブンと飛んでくる。僕はいきなり横っつらを殴られてぶっ倒れた。

「いってえ！　少しは手加減して殴れよっ」

「もしかして、あたしをハケ口にするつもりで来たんじゃないでしょうねっ？」

「……誰とでも寝るわけじゃないんだな」

ポッンと言うと、今度は鶴子は立ちあがった。片方ヒールを脱ぎ捨てると、それを僕に向かって振りあげる。

「よせっ。怒らせようと思って言ったんじゃないんだよっ。気にさわったなら謝るっ。ごめんっ」

僕は両手で頭をガードして、鶴子をなだめた。彼女は疑うような目でしばらく僕を睨《にら》んでいたが、振りあげたヒールをコツンと階段に投げる。

「あなた、彼女がいたじゃない。慰めてもらいたいなら、そっちへ行けばよかったじゃないのよ。なんであたしのとこなんか来たの？」

転がったヒールに足を入れながら、鶴子は僕を見下ろした。

「聞いてみたいことがあってさ」

「あたしに？」

「うん。なあ、どうしてウメと会って、すぐホテル行ったんだ？」

僕の質問に目を丸くした鶴子の顔が、みるみるうちに赤くなった。

「あんたねっ。いきなり女の子にそんなこと聞くなんて失礼じゃないっ」

「あ、そうか……悪い」

確かにそのとおりで、僕は反省して膝《ひざ》を抱えた。

「小春、何が言いたいわけ？」

ため息まじりに鶴子が僕の隣に腰を下ろす。僕も何を言いたいのか、何を聞きたいのか自分でよく整理できないでいた。ただただ混沌《こんとん》とした胸の中の渦を、僕は喉《のど》から吐き出してしまいたかった。

「僕はさ、紅実のことが好きなんだ。だからいつかは寝たいと思ってるよ。どっか変かな？」

鶴子の大きな目が、僕の顔を覗《のぞ》きこむ。

「テレビに出て漫才師になりたかった。早く有名になって、自分の親にも軽蔑《けいべつ》されないぐらい金を稼ぎたかったんだ。だから、一刻も早く仕事したかったんだ。それでインチキくさい事務所の仕事も引き受けた。僕はまちがってたか？　変か？」

「……」

「好きな女の子にはスケベだと嫌われるし、仕事はただの詐欺だった。聞いてくれよ、そのうえ、僕をとっ捕まえた警部が、紅実の親父だったんだぜ」

「……ええっ？」

「笑っちゃうよ。ケチョンケチョンにけなされたよ。おまえみたいな浮わついた男に娘を幸せにできるわけないってさ。そのとおりだよ、親父の言うとおりなんだよ。僕のしてきたこと、やっぱどこかまちがってたんだよ」

気がついたら、僕は鶴子のコートの襟をつかみ、彼女の胸に額をつけて泣いていた。鶴子は僕の髪を、そっと静かに撫《な》でている。慰めたりしないと言っていたわりには、彼女の手は優しかった。

「あなたの気持ち、少しわかるわ」

ポツンと鶴子はそう言った。

「あたしも自分のこと、まちがってると思うもん。いくら親が買ってくれたからって、こんな高いマンションにひとりで住んで、ほとんど学校行かないで、大人の社会で暮らしてんの、絶対まちがってるわ、これって」

僕は鶴子の言葉を、彼女のやわらかいコートに顔を埋めて聞いていた。

「梅太郎とホテルに行ったのだって、べつにどうでもよかったの。誰と何したってていっしょだと思ってたの。でもね、小春。世の中って偶然とか奇跡とかってあったのよ。あたし、まちがった毎日の中で偶然梅太郎を見つけたわ。でも、急に素直でいい子になんかなれなくてさ。好きでしょうがないのに、ツンツンしちゃったりして……」

僕は鶴子の胸から顔を離すと、今度は彼女の頭を自分の胸に引きよせた。しくしく泣きだしてしまった彼女の髪を、僕はさっきしてもらったようにそっと撫でてあげた。

「……馬鹿みたいだな。順番に泣いてさ」

鶴子は鼻をグスンとすると、僕の胸に頬をすりよせる。

「ねえ小春。あたし、梅太郎と会う前だったら、小春と寝てあげられたんだけど……」

「恐ろしいこと言うな。そんなこと女の子は絶対言ったらダメだよ」

「ホントに？　男の子って、こういう時は誰でもいいから女の子と寝たいんじゃないの？」

僕は鶴子の顔をまっすぐ見て言った。

「僕が寝たいのは、好きな子だけだ。ウメだってきっとそうだよ」

「本当？」

「本当」

鶴子はしばらく僕の腕の中で、じっと何か考えているようだった。僕も彼女を抱いたまま目をつぶる。そのまま黙っているうちに、突然クションとくしゃみが出てしまった。

自分のくしゃみで、やっと現実的な気分がもどってきた。

「こんなところで恋人でもない子と抱きあって凍死するのもなあ」

「そうよね。あなたと心中する気はないし、パーッと遊んでうっぷんを晴らしましょっか」

「晴らしましょ、晴らしましょ」

今までウジウジ泣いていたとは思えない軽い足取りで、僕と鶴子はタクシーを停めに通りへ向かって走りだした。

鶴子に連れていかれたのは、港の倉庫街に最近できて評判になっているクラブだった。鶴子はよほど常連らしく、何も言わなくてもＶＩＰ席に通された。

暗い店の中には、不思議な色のライトと煙草の煙が充満していて、はじめて新宿の高層ビルを見あげた中学生のように僕はポカンと天井を見あげた。

「何、ぼやっとしてんのよ。踊ったら？」

フロアの真ん中でつっ立っている僕に、鶴子が横から肘《ひじ》を出す。

「こういうところ来たのはじめてなんだ。どうやって踊ったらいいんだろ」

「適当にまわりに合わせればいいのよ」

まわりで踊る派手な衣装の人々に肩を小突かれながら、僕はゆっくり手足を動かした。ほとんど暴力と言えるぐらいの音と、からだを貫くレーザー光線が、僕の体温を少しずつ上げていく。

心臓がだんだんと流れるビートと重なって、僕はすぐに自由に踊ることができた。腕も足も、胸も腰も、自分のものじゃないような気がするほど軽くなる。

踊っているうちに、僕はからだの中にぎっしり詰まっていた欲に気がついた。欲しいものが、たくさんある。人々の笑い声、絶賛、拍手、家族の笑顔、名声、そして一番好きな女の子。

全部自分の胸に抱きしめたかった。だけど、今は何ひとつ僕の手には届かない。僕はふがいない自分をふっ切るように踊った。頭を振ると汗がきらきら光って消えていく。

気がつくと、僕は人々にぐるっと囲まれ、囃《はや》したてられていた。僕のダンスがおかしいらしく、みんな指を差して笑っている。笑ってくださるみなさんの期待には、応《こた》えなければならない。僕はさらに腰と首を振って踊り狂った。

両手を広げてからだを回すと、万華鏡のように人々の顔も回る。拍手と光のシャワーが、汗ばんだからだを流していく。声の限りに叫んでみると、答えがちゃんと返ってきた。

Everybody say Yeah!!

Yeah!!

気持ちがいい。わくわくして心臓が三倍に膨れあがり、からだ中に鳥肌が立つ。何かが必ず起きそうなこんな瞬間を待っていた。僕が欲しいのは、こんな快感だった。いくら傷ついても平気だ。僕は絶対手に入れる。欲しいものはすべて、いつかこの手に抱きしめてみせる。そして何があっても放したりしないのだ。

曲の終わりと同時に、僕の意識はどこかへ飛んでいってしまい、床にドターッと倒れたところで僕の記憶はなくなった。

顔をピタピタ叩《たた》かれて、僕はハッと目を覚ました。心配げな女の子の顔が僕を覗《のぞ》きこんでいる。その子は鶴子ではなく、姉のサクラだった。

「あ、起きたっ。あんた大丈夫っ？」

むっくり起きあがると、額に乗せてあったらしい濡《ぬ》れたおしぼりが落ちた。ゆっくり首を回すと、ガラスの向こうに踊っている人々が見える。そこはさっきのクラブのVIP席だった。

「……鶴子がサクラに変身したのかな」

独り言のように言うと、サクラはあきれたように僕の頭を小突く。

「しっかりしなさいよ。鶴子ちゃんって子は、今あんたの食べるもん取りに行ってくれてんの。小春、覚えてないの。あんた倒れる時、『腹が減って死ぬう』って叫んだのよ。恥ずかしいったら、もう」

僕は煙草に火をつける姉の横顔を見ながら、彼女の言葉を飲みこもうとした。そうか、空腹のあまり倒れたんだな……。

「で、どうして姉ちゃんがここにいるんだ？」

「たまたまよ。スタッフの人たちと踊りに来てたの。そしたら、フロアの真ん中でサル踊りしてる少年がいるじゃない。あれは実の弟だって言いだすには勇気がいったわよ」

サル踊り？　そんな変だったのか。けっこうカッコよく踊ったつもりだったんだけど。

「店中あっけにとられてたわよ。まったく、あんたって子はやってくれるわ」

「ウケてた？」

「大ウケ」

そっか、ウケてたのか。僕は満足して目をつぶり、柔らかいソファに身を沈める。その時急にフロアの大音響が聞こえてきた。顔を上げると、鶴子がトレイに食べ物を乗せて入ってきたところだった。ガラス戸を閉めると、また音が小さくなる。

「あ、小春。気がついたの？　ほら、食べ物持ってきてあげたから早く食べなさいよ」

「ど、どうも。わりいな」

「ホーントに。店の人に運ばれる時『ひもじいひもじい』って呻《うめ》いてたのよ。恥ずかしかったぁ、ねえ、お姉さん」

鶴子はサクラにニッコリ笑いかけると、姉の隣に腰を下ろした。

「あ、姉ちゃん。この子は、あの、べつにあやしい関係じゃなくて……」

鶴子との関係を説明しようとすると、サクラはそこにあったスプーンで、僕の額をコチンと叩いた。

「あんたがぶっ倒れてる間に、全部聞いたわよ。梅太郎君の彼女なんでしょ。いいから、早く食べちゃいなさいよ」

ハイと神妙に返事をして、僕はありがたく食事にありつくことにした。ピラフやフライドチキンを一心不乱に頬張る。僕が食べている間、サクラと鶴子は仲良さそうにおしゃべりをしていた。まったく女って奴は、どうしてあっという間に仲良しになれんのかね。

「あーっ、食った」

やっと人間らしい腹具合になって、僕はスプーンをテーブルに置いた。

「いい気なもんね。さっきまで警察に捕まってた人間とは思えないわ」

サクラの皮肉に、僕は飲んでいた水をプッと吹く。

「鶴子っ、そこまで喋《しゃべ》ったのかっ」

「あたしに抱きついてワンワン泣いたことも、お姉様に報告しといたわ」

「あ、あれはっ……」

絶句する僕を、女ふたりはケタケタと容赦なく笑った。く、くそおっ。鶴子だって泣いてたくせに。

「それにしても、事情聴取する時ってカツ丼とか取ってくれるんじゃないの？」

「甘いぜ、姉ちゃん、食らったもんは、パンチだけ」

「まったく馬鹿な話ね。あんた、インチキだってわかんなかったの」

「そんな気はしてたんだけどさ。やっぱ、アレよ。信じてみたい年頃だったのよ」

僕がポツッと言うと、さすがの姉もちょっと同情のまなざしを向けた。

「家には？　警察が連絡したんでしょ？」

「ん、さっき父ちゃんが迎えにきた」

「どうしていっしょに帰らなかったのよ。こんな時ぐらい家で反省してたほうがいいんじゃないの？」

僕は父親の言ったことを姉に聞かせてみせた。驚くと思っていたのに、姉は煙草の煙といっしょに『お父さんらしいわね』という台詞《せりふ》を吐き出した。

「お父さんらしい？」

「そうよ。あんたは馬鹿にしてたみたいだけど、お父さんって昔っから厳しい人だわよ」

サクラは灰皿に煙草を揉《も》み消すと、短いスカートから伸びた綺麗《きれい》な足を組んだ。

「子供の時にね。あたしが転んで泣いても、絶対起こしてくれない人だった。仕方なく自力で起きると、あの人エライエライって頭撫《な》でてくれたのよ。お父さんがそうだから、お母さんはいつもフォローにまわってさ。だから、口うるさくなっちゃったのかもね」

サクラが両親のことをそんなふうに思っていたなんて初耳だった。昔を思い出す姉の優しい目を、僕は驚いて見つめた。

「小春。どうしてあたし、家を出ないんだと思う？」

「さあ。わかんないよ」

「あたし、あの人たちを見るとホッとすんの、ヤなことあっても、たまに家に帰ってくるとね……上手《うま》く言えないけどさ、靴脱いで裸足《はだし》になって畳の上歩くと気持ちいいでしょ。あんな感じ」

姉の話を、僕と鶴子はぼんやりと聞いていた。鶴子は思い出したように、グラスの氷をカラカラ鳴らすと、

「あたし、肉親ってすっごく面倒なもんだと思ってた」

「え？」

「パパもママもしょっちゅう電話してきて、質問ぜめにするから、他人のほうがあれ

これ言ってこなくて楽だと思ってたんだ」

「そりゃやっぱ、心配してんじゃない」

僕がそう言うと、鶴子はため息をついて肩をすくめた。

「面倒だけど、しようがないのかもしれない。あの人たちの間に生まれてきちゃったんだから」

「そうそう、諦《あきら》めなさいって」

「なんかしんみりしちゃった。気晴らしに踊ってくる」

そう言って鶴子はフロアに出て行った。素直になり慣れていない彼女の顔が赤くなっていた。

「なあ、姉ちゃん」

「あん？」

話しかけると、姉がゆっくり首を曲げた。

「どうしてグラビアの仕事やろうと思ったのさ」

彼女は僕の肩に頰をつけたまま、しばらく質問の答えを考えているようだった。

「じゃあ、小春はどうして漫才師になりたいの？」

「僕はそのぐらいっきゃ得意なモンないしさ。それにワクワクするだろ、そういう仕事って」

「そうね」

サクラは静かに笑う。

「あたしも同じよ、持ってるものは色気ぐらいだったし」

「ガキん時から男にモテたもんなぁ、姉ちゃんは」

「ん。あたしもなんでもいいからワクワクしてみたかったの」

でもさ、とつぶやいて、姉は長い髪をかきあげた。

「この前、小春に言われたこと、ていうか、紅実ちゃんが言ってたこと? 実はちょっと前から考えてたの」

「……あん時は言い過ぎました」

「いいのよ。人に言われなくてもわかってたの。ビデオに出て、タレントみたいなこともやってさ。そうやっていざ世間にチヤホヤされてみたら、なんだかつまんなくなっちゃったのよ」

「……つまんない?」

「うん。小春たち見てて、あたし『あ〜あ』って思った。着飾ったり男の人にチヤホヤされることが、あたしの捜してた快感なんじゃないって思ったの。小春たちみたいに、あたしも本当にゾクゾクするようなこと、もう一回捜してみたくなったんだ。ドラマの仕事はあんまりお金にならないけど、そっちの方をやってみようって今は思ってる。もう裸になるのはやめるわ」

おなかにものが入ったせいか、気がゆるんだせいか、僕は激しく眠くなってサクラの肩に寄りかかった。

だんだん霧がかかってくる意識の中で、僕はここ何か月かのことを思い出した。つらいことが多かったけど、これほどまでにワクワクしたりゾクゾクしたりしたのは、はじめてだった。何ひとつまともにできなかったけれど、僕はものすごくたくさんのものを手に入れることができたのかもしれない。眠りは重くて心地よかった。

# 7

学校が僕とウメに下した罰は、一週間の自宅謹慎という想像以上に軽いものだった。

僕らが騙《だま》されて窃盗の共犯にされてしまったことを、学校側は生徒たちに公表せず、無断欠席と素行不良という名目で、僕たちを謹慎処分にした。

その理由を担任に聞いたら『被害額を聞いたら、ガキどもがまた騒ぐからな』と頭をドツキながら教えてくれた。ま、確かにそのとおり。五千万円相当の骨董品《こっとうひん》を盗むお手伝いをしました、なんて公表したらクラスメートたちが黙っているわけがない。ああでも、みんなに話せたら大爆笑をいただけただろう。残念。

言っちゃ駄目と言われると、余計ウズウズしてしまって、僕は謹慎していた一週間、インチキプロダクションに騙された顛末《てんまつ》を、一所懸命漫才に書いた。また四月にあるお笑い新人コンテストに、それで応募しようと思ったのだ。

一週間の間、一所懸命考えていたのは新しい漫才だけじゃない。僕は紅実のことを、こめかみの血管が切れそうになるほど考えた。

あのクソオヤジのことだ、きっと僕が警察に捕まったことをケチョンケチョンに紅実に伝えただろう。

紅実は、謹慎の本当の理由を知っている。もしそれでも何も連絡がなかったら、僕は紅実のことを諦めようという結論に達した。嫌われてしまったものは、仕方ないのだ。深追いしてこれ以上軽蔑《けいべつ》されるよりは、きれいに諦めてしまおう。紅実だってしつこくされたら迷惑だろうし。

月曜日からはじまった謹慎期間、水曜、木曜ぐらいはまだ余裕があった。金曜日、まったく音沙汰《おとさた》ナシ。土曜日の午後に期待しようと自分を励ましていたのに、西日が傾き夜になっても我が家の電話は鳴らなかった。

やっぱり駄目なのか。これはもう、本当に愛想を尽かされたのか。

彼氏からの電話を待つ女の子のように、僕が携帯を持ってうなだれていると、

「小春、夕刊知らないっ？」

と母ちゃんがリビングから聞いてきた。

「知らねえよ。取ってきてねえんだろ」

「じゃあ取ってきなさいよ。まったく家に一週間もいて、何も手伝わないんだからっ、

この馬鹿息子はっ」

ハイハイ取ってきますよとサンダルをつっかけて玄関を出た。冷たい風がセーターを通り抜けていき、僕はブルッと身震いする。門柱にかけてある鉄のポストを開け、冷えた夕刊を抜き取ると、ポストの奥に何か入っているのに気がついた。

なんだろうと手に取ると、それは掌《てのひら》に乗るほどの小さな紙袋だった。色はピンク。その女の子らしい袋の色に、心臓がドクンと波打つ。

慌てて開けると、リボンのかかった箱が入っている。リボンを解くのももどかしく、僕は箱を開けてみた。

チョコレートの匂いがつんと鼻をつく。中には丸いショコラがひとつ入っていた。箱の中にメッセージカードを見つけて、急いでそれを読んだ。

『月曜日、ハルちゃんが学校に来るの、待ってます。元気出してください』

僕はその場にヘナヘナと座りこんでしまった。カードの端っこに書かれたKUMIという丸っこい字が僕には奇跡のように見えた。

その時気がついた。月曜は二月十四日じゃないかよっ。

「ブラボ――――ッ!」

僕は夕刊とチョコレートを手に、家の中へ走ってもどる。

「うるさいわよっ！　少しは静かにしてっ！」

「マミー！　好っきやでーっ！」

僕は喜びのあまりジャンプして母ちゃんに抱きつき、彼女の頬に熱いキッスをした。

母ちゃんの悲鳴が冬の空に響きわたった。


日曜日、僕はなんと朝五時に起きた。

謹慎している間に、紅実から何かアクションがあったら、僕はやろうと決めていたことがあった。

紅実の家へ行き、彼女とあのクソオヤジに詫《わ》びを入れる。なんとしてでもあの岩石頭を説得して、堂々と紅実とつきあうのだ、僕は。

まだシンと寝静まっている冬の朝、僕は寒さと武者震いで震える手で、携帯電話を手に取った。

紅実の家に電話するのではない。どうせ、ああいう親父は朝っぱらから起き出して、乾布摩擦でもしてやがるにちがいない。電話したって、紅実にはつないでもらえないだろう。かといって手紙では遅すぎる。

僕はあらかじめ調べておいた三桁《けた》の数字をピッポッポッと押した。

「ありがとうございます。こちら電報サービスでございます」

携帯からは、こんな早朝なのにハキハキした女性の声がした。

「あの、えっと、電報をお願いします」

「かしこまりました。お相手先のご住所をお願いします」

紅実の家の住所と電話番号を告げながら、我ながらいいアイディアだと僕は悦に入っていた。電話だと切られてしまうけど、電報だったらなんとか紅実の手に渡るだろう。クソオヤジが受け取って、その場で破り捨てられる確率も多少はあるけれど、それは運を天にまかせるしかない。

「それでは、電文をお願いします」

ゴホンとひとつ咳《せき》をして、僕はゆっくり息を吸いこんだ。

「紅実ちゃん。小春です」

きのうの夜、遅くまでかかって書いた原稿を僕は読みはじめた。

「突然、電報なんか打たれて驚いただろう。ごめんな、これしか手段が思いつかなかったんだよ。チョコレートありがとう。こんなに嬉《うれ》しかったことは今までなかった。

食べるのがもったいなくて、冷蔵庫にしまってある。孫の代まで家宝にするよ。えっと、本題に入るけど、先月は紅実ちゃんにイヤな思いさせちゃって、本当にごめん。謝っても謝りきれないよ。でも、紅実ちゃん。おいら正直なこと言うよ。おいら紅実ちゃんのことが好きだから、寝てみたいって思うこともある」

「あの、お客様？」

いいところで、電報局のお姉さんが割りこんできた。

「なんですか？」

「まだ先が長いんでしょうか？」

「はあ……いけませんか？」

「いえ、いけなくはないんですけど……ちょっと料金がお高くなりますが」

「いいですよ。続きを言います……からだは正直だよ、僕だって普通の男だからさ。でも紅実ちゃん。よく聞いてくれ。僕はさ、紅実ちゃんの嫌がることをしようなんて思ったこと一度もない。僕のからだの上には頭がついてんだよ。たいした脳ミソじゃないけど、僕の脳は紅実ちゃんの笑顔を壊すようなことは絶対しないってプログラミングされてんだ」

僕の言う台詞《せりふ》を電報局のお姉さんは滑舌よく繰り返しながら、カチカチとキーボードのようなものを叩《たた》いている。

「お父さんに、警察に捕まったこと聞いただろ。お父さんの言うとおり、僕は馬鹿だしまっとうな人間じゃないかもしれない。でも、紅実ちゃんの親父さんにけなされたからって、はいそうですかって夢をあきらめるわけにいかないんだよ。これが、僕なんだから。こんな男じゃやっぱり将来不安だって言うなら、前みたいに友達に戻ってくれればいいよ。それで紅実ちゃんのこと恨んだりしないから。もし、こんな僕のことまだ好きだって言ってくれるんなら、絶対紅実の親父さんのこと説得する」

そこで僕は大きく息を吐いた。一気にしゃべったので喉《のど》がカラカラだ。

「以上ですか？」

「いえ。この電報って何時頃着きます？」

「急ぎですか？」

「はあ、なるべく早く」

「電報ですからすぐ着きます」

お姉さんは頼もしい感じでそう言った。

「じゃ、続きです……えっと、今日の三時に紅実ちゃんの家へ行きます。お茶菓子買って待っててくれよ、アッハッハッハッハッ……以上です」

「最後の笑いも入れますか？」

「入れてください」

電報局のお姉さんは、最後のアッハッハッハッハッハッまでご丁寧に全文復唱してくれた。

岡花小春、一世一代の出陣だというのに、家族は誰も見送ってはくれなかった。母ちゃんは買い物、父ちゃんは盆栽いじり、姉ちゃんはどこかへ出たきり帰ってきていない。いつもどおりの岡花家の日曜日だった。

僕はさらしを巻いて木刀を持つでもなく、スーツを着てバラの花を持つでもなく、いつもどおりのジーンズとマウンテンパーカというでたちで紅実の家へ向かった。

勝算はない。あのクソオヤジが僕の話をまともに聞いてくれるとは思えなかった。何発かは殴られるだろう。だけど、殴られたあとが根性の見せどころだ。どういう人間だって暴力をふるったあとは、情けをかけてやるかという気持ちになるもんだ。あとは紅実がどうフォローしてくれるかだ。岩石頭のクソオヤジだって娘にゃ弱いだろう。

紅実の家が見えてくると、不覚にも足が震えてきた。いくら愛があったって殴られりゃ痛いだろう。それにああいうタイプは、頭に血がのぼると何すっかわかんないからなぁ。

僕は紅実の家の前に立ち、松に囲まれた日本家屋を見あげた。ブルンと頭を振って『よっしゃっ』と気合いを入れる。いくらなんでも殺されやしないだろ。

僕は勇気をふりしぼって呼び鈴を押した。しばらく待ったけれど、誰も出てくる気配がない。もう一回押して、ちゃんとキンコンと音がするのを確認したが、やはり反応はない。

おいおい。せっかく討ち入りに来たのに、留守ですか。

「すみませ～ん。誰かいらっしゃいませんかぁ～」

小さくそう言いながら、僕は玄関の引き戸に手をかけてみた。力を入れるとスルリと動く。なんだよ、開いてるじゃん。不用心な。

カラカラと引き戸を開けたその時、顔に何か白い物がヒュッと飛んできて、僕は避《よ》けられず眉間《みけん》にそれを受けてしまった。

「てっ！」

「茶菓子なんぞ三百年早いわ、たわけ者っ！」

板張りの玄関に座布団を敷いて座っていたクソオヤジがそう怒鳴った。また白い物をピュンと投げつけてくる。今度も避けられず、パシッとこめかみに受けてしまう。たいして痛くはなかったが、僕は驚きのあまりヨロけてしまった。床に落ちていた白い物は、まんじゅうだった。

「おまえみたいな奴に、家の敷居をまたがせるわけにはいかんっ！　話があるならそこで言えっ！」

着物の彼は、遠山《とおやま》の金《きん》さんのようにガンと立て膝《ひざ》をついた。待ちかまえてたところを見ると台詞もポーズもしっかり考えてあったんだろう。時代劇の見過ぎだよ、おっさん。

「紅実さんに会いに来ましたっ」

僕は敷居の手前に立ち、ペコンと頭を下げた。

「きさま、あれほどわしが言ったのに、まだわからんかっ！　大事な娘をおまえみたいな馬鹿に接触させられるかっ！」

「ここで会えなくても、学校へ行けば会えます。でも今日は、お父さんがいらっしゃるのを承知で紅実さんに会いに来ましたっ」

いけいけ、小春っ。言ってやれっ。

「なんだと〜、この小僧っ」

頭から湯気を出さんばかりにクソオヤジは唸《うな》る。ふと見ると、廊下の奥の柱の陰で、紅実と紅実の母親がハラハラと様子を窺《うかが》っているのが目に入った。紅実の心配そうな目を見て、胸にムクムクと勇気が湧いてくる。

僕は大きく息を吸って、四十五度のおじぎをしたまま腹の底から声を出した。

「詐欺にあって警察に捕まったことは、全部自分の未熟さのせいですっ。あの事件に関しては、僕は返す言葉はありませんっ。でも、僕が漫才師を目指していることは、ちっとも恥ずかしいことじゃないし、もちろん姉の仕事のことであなたにとやかく言われる筋合いはありませんっ！」

「よ、よくも、堂々とそんなことをっ」

頭を下げたままなので、彼の顔は見えなかったが、声が怒りで震えている。僕はかまわずに続けた。

「選ぶのは紅実さんです。あなたに反対されるいわれはありません。でも、僕は紅実さんが好きです。彼女を悲しませたくありません。だから、お父さんにふたりのことを認めてもらってつきあいたいんですっ！」

やった、小春。よく言った。僕は心の中でパチパチ手を叩いた。

フウと息を吐いて顔を上げると、彼は閻魔《えんま》のような顔で、手もとにあった竹刀をつかんだところだった。

やや、やばいっ。反射的に頭をかばおうとした時はすでに遅かった。奇声とともに竹刀が脳天を直撃する。まったく容赦のない一撃に、僕はクラクラとその場にへたりこんだ。

「小僧に何がわかるっ！　おまえみたいな浮わついた馬鹿に大事な娘がまかせられるかっ！」

そう怒鳴りながら、親父は僕をめった打ちにした。地面にうずくまった僕は頭と腹をかばって、ぐっと激痛に奥歯を噛《か》みしめる。

痛いっ。どうしてこんな痛い目にあわされなきゃならないんだ。そりゃ娘はかわいいだろう。でも、親の持ちものじゃないんだぞっ。

心の中で悪態をついていると、ふと痛みがやんだ。そろそろと顔を上げると、紅実が親父と僕の間に立ちはだかっていた。

「やめてよっ！　お父さんの馬鹿っ！」

「ば、馬鹿だとっ？　馬鹿はその男だっ！」

「違うわ、大馬鹿はお父さんよっ！　このわからずやの暴力ジジィっ！」

かわいい娘に暴力ジジィと怒鳴られて、親父はポカンと口を開けた。

「紅実、いつからそんな口をきくようになったっ」

「じゃあ、お父さんはいつからそんな頭の悪い人になったのよっ」

油断した親父から、紅実は竹刀を取りあげると、それを庭のほうへポーンと捨てた。

「お父さんはいつも、まっとうな人間とつきあえって言うけど、まっとうな人間って何っ？　弱い相手を竹刀で殴ることがまっとうな人なのっ？」

ズンと娘に寄られて、親父は眉間に皺《しわ》を寄せる。

「どうなのよっ。答えてよ、お父さんっ！」

「いや……それはそうだが……」

「答えられないでしょ。お父さんはまちがってるもん。ハルちゃんはお父さんの言うような人じゃない。男らしくて優しい人よ。ハルちゃんが漫才やってるところ、見たことないくせに馬鹿にしないでよ。それともお父さんは見たことないものをつまんないって言える人なのっ？　そういう人をまっとうな人って言うのっ？」

そこまで叫んで紅実はわっと泣きだしてしまった。僕はというと、地面に尻餅《しりもち》をついたまま事の成りゆきに目を丸くしていた。

紅実。紅実が僕をかばってくれた。きっとかばってくれるだろうと信じてたけど、こんなふうに言ってくれるなんて思ってもみなかった。からだの痛みも忘れるほど、僕は感動してしまった。

紅実の親父は、泣いている娘をじっと見下ろしていたかと思うと、急に僕に向きなおった。

「おい、小僧っ」

「は、はいっ」

突然呼ばれて、僕は身構える。

「そんなイッパシの芸なら、わしに見せてみろ。署の奴らも呼ぶから、全員を笑わせて、わしもおもしろいと思ったら、紅実との交際を認めてやるっ！　つまらなかったら、生まれてこなきゃよかったと思うぐらい痛い目にあわせてやるからなっ！」

捨て台詞《ぜりふ》を吐くと、返事さえ聞かず、親父はのしのしと門から外へ出ていった。その偉そうな背中を僕と紅実がポカンと見送っていると、紅実の母親が救急箱を持って慌てて僕のところへやってきた。

「お父さんなんか嫌いよっ！　ハルちゃん言うことときくことないわっ！」

縁側で紅実の母親に絆創膏《ばんそうこう》をはってもらっている横で、紅実はまだしゃくりあげていた。

「もう泣きやみなさい、紅実。小春君が困ってるじゃない」

母親は紅実の背中をポンと叩《たた》くと『お茶いれてくるわね』と部屋の奥へ入っていった。母親がいなくなったので、僕はグスグスと鼻をすすっている紅実のほうへ、十センチばかり尻《しり》をずらす。肩と肩がコツンとぶつかって、紅実はハンカチから顔を上げた。

「この前は、ごめんな」

紅実は赤い目で僕の顔を見ると、首をゆっくり振った。

「……ハルちゃんの電報読んだよ。そのあと、お父さんに取りあげられちゃったけど」

「本当にごめん」

「謝るのは私なの。ハルちゃんをこんな目にあわせたのは私なの」

紅実はまたしゃくりあげると、手に持ったハンカチに顔を埋める。

「違うんだ、紅実ちゃん」

「……え？」

「僕はこれから先も、もしかしたら紅実ちゃんのこと悲しませるようなこと、しちゃうかもしんない。先に謝っておこうと思ってさ」

「そんなこと」

「僕がすることで、ヤなことがあったら言ってくれよ。そのたびに、謝るから。だから、僕を」

そこで言葉が止まってしまったのは、紅実が僕の唇をふさいだからだった。彼女の柔らかい唇は、ほんのり涙の味がした。

「……昼に何食べた？」

「え？　何か匂ったかしらっ？」

「ううん。ものすごくおいしかったから」

泣き腫《は》らした真っ赤な目で、紅実はウフフと笑い、そしてこう言った。

「ハルちゃんっておもしろい」

翌日、学校から戻ると僕に電報が来ていた。

『なんなのこれ？』と母ちゃんが訝《いぶか》しげに渡してくれた電報には、こう書いてあった。

〈二月十九日、土曜日。午後六時より、野川小公会堂。わしに恥をかかせたら、どうなるかわかってるだろうな。気合い入れてやるように。斉藤吾郎《ごろう》〉

「サイトウゴロウって誰さ？　電報打ってくるなんて変な奴」

漫才の稽古《けいこ》をしようと、いっしょに帰ってきたウメが電報を覗《のぞ》きこんでそう言った。

「紅実の親父だよ」

「あ、あの暴力警部っ？」

電報には電報返しか。真似しやがって。オリジナリティーのないやっちゃな。

二階の僕の部屋へ上がると、ウメはベッドに腰を下ろして、電報をヒラヒラ振った。

「これって、土曜に公会堂で漫才しろって意味かな」

「そうだろうなぁ、やっぱ」

僕は制服の上着とズボンを脱ぎながら、ため息まじりに答えた。

「あそこってできたばっかかで、けっこう立派なホールだぜ」

「僕だって、紅実の家の座敷かなんかでやるのかと思ってたよ」

「ずいぶん落ち着いてるな。紅実ちゃんとの運命がかかってんだろ」

僕はジーンズに足を入れながら、曖昧《あいまい》に笑ってみせる。

「ま、それもあるけど……紅実ちゃんのためだけにやるわけじゃないし」

訳がわからないという顔のウメに、僕は謹慎中に書いた漫才の原稿を渡した。

「何これ？」

「家にいた間に書いたんだ。四月のお笑いコンテストでやろうと思ってたネタ。早くこれやってみたくてさ。ちょっと読んでみてよ」

レポート用紙に殴り書きをした原稿を、ウメは『汚ねえ字だなあ』と言いながら読みはじめた。

「へえ……この前のことじゃん」

「おう。せっかく騙《だま》してもらったんだから、ネタに使わなきゃ損だと思ってさ」

原稿を読むウメの横顔を、僕は少し緊張して見つめる。読み進んでいくうちに、ウメはプププッと吹き出した。

「おもしろいじゃん、小春」

「そうか」

「こうやってあらためて読んでみっと、俺たちもアホだなあ」

クククと笑うウメに、僕はそっと聞いてみる。

「それ、いっしょにやってくれる？」

「何言ってんの。当たり前じゃん。これおかしいよ。きっとウケる」

屈託のないウメの言葉に、僕はホッとして畳にあぐらをかいた。

「僕は、ウメがもう漫才やってくんないんじゃないかと思ってたよ」

「え〜っ？　俺がいつやめるって言ったよ」

「いや……お笑いコンテストもさんざんだったし、テレビに出られると思ったら詐欺だったしさ。愛想尽かされたかと思った」

ウメはお得意の愛想笑いを浮かべて肩をすくめる。

「警察捕まった時はガッカリもしたけどさ。でも、今考えてみるとやたら楽しかった。俺、全然気にしてないよ」

「おまえって根性あるなあ」

「そうじゃなくて、俺、たぶん上手《うま》くいかないってわかってたからじゃないかな。コンテストにしたって、スカウトやCMの仕事にしたって、むちゃくちゃ痛い目にあう予感がしてたよ」

僕は変なことを言いだすウメの顔を見た。

「わかってて飛びこんだのは、なんか刺激的なことが起こってほしかったんだと思う。俺、小春と漫才のコンビ組む前は、本当につまんない毎日だったから」

「ウソつけ。女の子と楽しそうにチャラチャラしてたぜ」

「女の子とチャラチャラしなきゃいらんないぐらい、つまんなかったんだよ」

サラリとそんなことを言われて、僕はポカンとする。

「よくわかんないな。ウメってルックスもいいし、成績も運動神経もいいしさ。何も不満なんかないのかと思ってた」

「ん～、まあな」

彼はコキコキと首を曲げながら、苦笑いを浮かべた。

「ふざけんなって思うかもしんないけど、だからつまんなかったんだ。俺ってなんでも器用にできちゃうだろ。だから、俺、一所懸命になったこと今まで一度もなかった」

「へえ～」

「でも、小春と漫才はじめてからは、上手くいかないことばっかりだったろ。それで、俺、すっごくしゃかりきになっちゃってさ。ああ、生きるってスンバラシイって思ったぜ」

ウメは胸の前で掌《てのひら》を組んで、スンバラシイと繰り返した。

「なんだか新興宗教みたいだな」

僕はガハハと笑う。

「上手くいかないほうが楽しいなんて、おまえマゾッ気あるんじゃねえ？」

「だから、鶴子とつきあえるんだろうな。俺」

「その後どうよ、ツル姫とは」

「……べつに、あのまんまだよ」

「またまた、少しは甘い関係になったんじゃありませんか？」

「そんなことないって」

否定するウメの顔が、あっという間に赤くなっていくのを見て、僕は『およよ』とのけぞった。

「ウメが赤くなったのはじめて見たぞっ」

「お、俺もこんなのははじめてだっ。どどどうしようっ」

赤面した顔を両手でおおって、ウメはいつまでもうろたえていた。

そして土曜日。小公会堂は、全然『小』ではなかった。

区役所の隣にあるそのホールはぴかぴかの新品で、席だってざっと数えて三百ぐらいある。その席が、五時五十分にはほとんどぎっちり埋まってしまったのだ。

自分のクラスメートと警察の人が少し来るくらいかと思っていたら、地元商店街の人たちやお年寄り、子供を連れた母親なんかも来ている。雑多な種類の人間がつまった会場は、学校の昼休みのようにざわざわと騒がしい。

「な、なんでこんなに人が集まっちゃったんだ？」

舞台の袖《そで》から会場を眺めて、僕は焦った。

「お父さん、老人ホームとか幼稚園とか商居街の組合とかにも声をかけたって言ってたよ」

「……顔が広いんだな、親父さん」

紅実は唇を尖《とが》らせて肩をすくめた。

「そうね。家じゃわからずやだけど、外面はいいみたいだから。あ、ほらハルちゃん」

彼女の指差した先を見ると、紅実の父親が扉を押して入ってきたところだった。

「来たわよ」

「主賓のお着きだな」

背広姿の彼は、ゆるやかな坂になっているホールをのしのしと歩いてきた。知りあいに笑顔を見せながら一番前まで歩いてくると、中央の特等席にドスンと腰を下ろす。

ふ〜ん。クソオヤジも外では人望あんのかもしんないな……。

「じゃ、私も客席行くから。ハルちゃん、がんばってねっ」

「まかせなさい。もし、シーンとしらけちゃったら、駆け落ちだからね」

紅実は返事の代わりにぴょんと爪先《つまさき》立って僕の頰にキスしてくれた。

「もう漫才なんかやめて、すぐ駆け落ちしよっ」

「何言ってんのよ。ほらもう時間よ。ウメちゃんは？」

僕は大袈裟《おおげさ》に両手を広げて、首を左右に振った。

ウメは楽屋でビビッていた。

壁に向けた椅子の上で、膝《ひざ》を抱えて震えているウメを、僕はため息まじりに眺めた。

僕はというと、短い時間だったけどやれるだけみっちり稽古《けいこ》をしたから、それほどビビッてはいない。もうなるようになれだと腹が決まってる。

だけどウメは、会場いっぱいに入ったお客さんを見て、緊張のボルテージが最大まで上がってしまったようだ。

「ウーメ、そろそろ出るぞ」

「お、俺、かかか帰りたい」

膝に顔を埋めたまま、彼は涙声でそう言った。

「だらしないなあ。前に、生まれてから一度も緊張したことないって言ってなかったか？　今日に限ってどうしたんだよ」

「わ、わかんない。俺もどうしてこんなに震えがくんのか、ちっともわかんないんだよ……」

僕はウメのところまで歩いていって、脱いだ草履でパカンと頭をはたいてやった。

「いてっ」

やっと首を上げたウメに、僕は自分の顔を近づける。

「いいか、ウメ。どうして緊張してっかわかんないなら教えてやるよ。おまえ、失敗したくないって思ってるからだ」

「……小春」

「今まで緊張したことなかったのは、おまえが一度も一所懸命になったことなかったからだよ。普通の人間は、こういう時緊張すんだ。何もウメだけが特別なんじゃない」

ウメはすがるような目で、僕を見あげる。

「……小春は緊張してないみたいだな」

「緊張してるよ。でももうやるっきゃないじゃんか。逃げるわけにもいかないし、開きなおってんだよ。ほら、おまえも開きなおれっ」

僕はウメの腕をつかんで、椅子から引きずりおろした。泣きそうなウメの背中を押して、楽屋から舞台への階段を上がる。

開演時間を五分過ぎた会場は、僕らの登場を待って野次が飛んでいた。僕は舞台の袖から手伝いにきてくれた放送部員の友達に合図をする。

会場の明かりが落ちて、ファンファーレが鳴り響いた。舞台の中央を照らすピンスポットの中へ、僕とウメは躍り出る。大きな拍手が、波を砕くような笑い声にかわっていった。

今日の僕らはスーツじゃなくて、ウメの親父さんから借りてきた紋付き袴《はかま》姿である。

「こんにちはー、大春です」

「こんにちはー、小春です」

「ふたりあわせて、大春小春です」

「大きい僕が大春で」

「小さい僕が子猫ちゃんです」

「そんなかわいいもんじゃないだろよ」

前の方に座っているおばさんたちがゲラゲラ笑ってくれた。笑ってくれる人がいることのありがたさが前より身にしみた。

「今日はたくさんのお運び、ありがとうございます」

「綺麗《きれい》な人から綺麗じゃない人まで、ありがとうございます」

「失礼なこと言わないの、小春くん」

あんなに震えていたのに、ウメは舞台に上がったとたん、すっかり度胸がすわったようだ。満面の笑顔だし、スラスラと台詞《せりふ》が出てくる。

「今日は僕たちのことを、少しでもみなさんに知ってもらおうと思ってね」

「そうそう」

「こう見えてもまだ十六歳なんですよ」

「そうそう、猫だったらそろそろ寿命なんですよ」

「猫にたとえなくていいよ。こんな僕たちにも夢があるんですよね」

「そうそう」

「高校生のうちに漫才師としてデビューするのが夢なんですよ。でも現実は厳しくてねえ」

「つい眠くなっちゃうんですよね」

「だから猫かよ」

僕らはお笑い新人コンテストに出て、過去最低点を取ったこと、それから怪しげなスカウトの電話がかかってきたことを、身振り手振りをまじえて話した。

最初、なんだあいつら、という顔で見ていた警官たちも、引っ越し業者のCMだと騙《だま》されて、三千万円する仏像を積みこんでしまったところでは大笑いしてくれた。

「なんだかお巡りさんたちが笑ってますけどね、一般市民のみなさん、警察ってところはテレビでみるのとずいぶん違いますよ」

「カツ丼とってくれませんでしたね」

「僕が警部のお嬢さんをとったからですかね」

紅実の親父は客席から僕をキッと睨《にら》んだ。話は僕が紅実との交際を認めてもらおうと直訴にいった場面に進む。僕が紅実の親父役になって、まんじゅうを投げたり電報を打ち返したりしたところでは会場中に笑いの渦が起こった。

無我夢中で僕はおどけた。紅実の親父をからかうような笑いの取り方だったので、これでもっと自分の心証が悪くなりそうだけれど笑いが取れればかまわなかった。舞台の上で、間合いを間違えないように、台詞をかまないように集中してしゃべっているとき、僕は視界の片隅で、紅実の親父が下を向いているのを垣間《かいま》見た。唇のはしっこが笑いをこらえているように見えたのは気のせいか。

テンションがジェットコースターの最後の坂のように上がっていき、僕らは最後まで全部ネタを終えた。

「そういうわけで、僕たち大春小春の夢を応援してくださいね〜」

「次は武道館でお会いしましょう、さようなら〜」

僕たちが深く頭を下げると、割れんばかりの拍手が起こる。夢のようなその音を、僕は頭を下げ肩で息をして聞いていた。幕がするすると下りてきて、舞台と客席を遮断したとたん、僕たちはバターッと床に倒れた。

「小春っ……ウケたぞっ」

「う、ウケたなっ、や、やったっ」

僕たちはゼーゼー息を吐いて、舞台の上で目を閉じた。大きな拍手は、まだ幕の向こうで鳴り響いていた。

高まったテンションが、ぶっちり切れてしまった僕たちは、動かないからだに最後の力を振り絞って出口に立った。

見に来てくれた人、ひとりひとりに僕は頭を下げる。商店街のおじさんたちは、僕らの肩を次々と叩《たた》いてくれたし、どこかのお母さんは『楽しかったわよ』と握手を求めてくれた。

どの人も笑顔で、僕とウメの頭を小突き、『またやってくれな』と言ってくれる。僕はもう少しで泣きだしてしまいそうだった。

「おい、小僧」

呼ばれて顔を上げると、紅実の親父が腕を組んでデンと立っていた。

「あ、あの。ど、どうも」

僕はなんと言っていいかわからず、ペコンと頭を下げる。会場はウケていたけど、親父はなんと思ったかわからない。笑っていたようにも見えたけど、それは都合のいい錯覚かもしれないし……。

親父は黙って僕を睨んでいるだけだ。沈黙が気まずくて、僕はつい先に口を開いた。

「つ、つまらなかったかもしれませんけど、あれが精一杯です。これで紅実さんとのこと、駄目だと言われたら、僕は紅実さんと駆け落ちしようかと……」

「馬鹿もんっ！」

怒鳴られて、僕はひえっと首をすくめた。

「親に駆け落ちすると宣言してどうするっ」

「そ、そうですよね。ハハハハ……」

力なく笑うと、親父はプイと向こうを向いた。

「門限は七時にしてやる」

そう言い捨てると、彼はズンズン歩いていってしまった。僕は親父の背中を見送りながら、彼の言葉の意味をじっと考えた。

もしかすっと、あれかい。彼は紅実とのことを認めてくれたのかっ？

じわっと実感が湧いてきて、僕は紅実を捜しにホールの中へ走って戻った。

紅実っ、どこだっ！　やったぞっ！

ホールのロビーや楽屋を走りまわっても紅実の姿が見えない。僕は手伝いに来てくれたクラスメートをつかまえて紅実の居場所を聞いた。

「さっき、会場の中にいたよ」

それを聞いて、僕はホールの扉をバンと開けた。

「あ、ハルちゃん」

紅実がこちらを振り返ったのを見て、僕は彼女に突進する。

「く、紅実ちゃんっ。聞いたかっ？　僕たち認めてもらえたぞっ」

ギュウッと抱きしめようとしたとたん、僕は頬をパンと張られた。

いてっ！　なんでぶつんだっ！

「ちょっとハルちゃん、お客さんよ。恥ずかしいったら、もうっ」

興奮のあまり気がつかなかったが、紅実の横に着物姿の大柄な男がニコニコして立っていた。僕はキョトンと目を丸くする。

「こちらの方が、ハルちゃんたちにお話があるんだって。待っててくださったの」

変なところを見られた気恥ずかしさから、僕は無愛想に頭を下げた。中年というより老人に近い彼は、右手を出して僕に握手を求めた。なんだかわからないが、僕は彼の手を握る。

なんだこのオヤジ……。でも、どっかで見たことあるような気がすんな。

「とてもおもしろかったよ。楽しませてもらった」

彼は穏和な笑顔を見せた。

「あの、失礼ですけど、どこかでお会いしましたか？」

「うん。私もどこかで見たことある少年だと思ってたんだよ。きみはよく不忍亭《しのばずてい》に見にきてないかね」

不忍亭とは、あの寄席の名前だ。

「あ、はいっ。でもどうしてそれを……」

言いかけて、僕はハッと彼をどこで見たか思い出した。

「もしかして、不忍亭によく出ている落語家さんですよね？」

彼は頷《うなず》くと、自分の高座名を口にした。師匠と呼ばれるクラスの噺家《はなしか》だ。

「今日はね、知りあいのお嬢さんから、こちらでおもしろい漫才があるから見に行ってくれって頼まれてね。うちはわりと近所だから」

「……知りあいのお嬢さん？」

「恩得さんというのだが、友達なのかね？」

鶴子だ。僕はゆっくり頷いた。僕は緩んでしまう頰に、ぐっと力を入れて真面目な顔を作る。

「それで、あの、どうだったでしょうか」

「うん。来たかいがあったよ」

僕はその讃辞《さんじ》の言葉だけで、天国へトリップしてしまいそうだった。それなのに、彼はこんなことを言ったのだ。

「きみも、もうひとりの彼も、落語をやる気はないかね？」

僕は彼の言葉の意味が、すぐ飲みこめなくて目を見張る。

「よかったら、うちに来ないか？」

スカウトであることに気がつくのに、僕は一分ほど時間がかかった。

「あ、いえ。落語は好きなんですけど、僕は漫才をやっていきたいんです」

「ほう、そうか。うん、それがいいかもしれないな。きみたちのその元気は、漫才に向いてるのかもしれない。じゃあ、どうかね、きみたちで……」

その彼の言葉の続きを聞いて、僕は天国どころか銀河系の向こうまで飛んでいきそうな歓喜に襲われた。

人生は何が起こるかわからない。

僕は、人生はスンバラシイと胸の前で手を合わせた。

後日談である。

木枯らしの吹く冬の日々がようやく去っていった、三月のある日曜日。

ぽかぽかとおひさまの当たる午前中の縁側に腰をかけて、僕は植木に水をやる父ちゃんの白髪を眺めていた。

母ちゃんの回す洗濯機の音と、スズメのさえずる声が聞こえている。小さな庭には、春の花が咲きはじめていた。

「日曜日にしては早起きだな」

セーターの背中を向けたまま、父が僕に聞いてきた。

「うん。ちょっと出かけるんだ」

彼はどこへでも行ってこいとばかりに、静かに頷いた。

「今日、母ちゃん買い物行くって言ってた？」

「さあ……どうかな」

「もし留守番じゃないんだったら、いっしょに出かけない？」

僕の言葉に、父ちゃんはゆっくりこちらに顔を向けた。

「出かけるって、どこへ？」

「不忍亭だよ。昔よく連れてってくれた」

ぼんやりと僕の顔を見ていたかと思うと、彼は『寄席か』と呟《つぶや》いた。

「そういえば、小春が小さい頃は、よく行ったっけ」

「そうだよ、稲荷《いなり》寿司《ずし》とアイスクリーム買ってくれたじゃない」

彼はじょうろを足もとに置くと、拳《こぶし》でトントンと自分の腰を叩《たた》いた。

「そうだな。たまにはいっしょに聞きに行くか」

「父ちゃん、いっしょには聞けないんだ」

「え？」

「僕、出るんだもん」

父の表情が長い時間かけて驚いた顔になっていく。

僕とウメは、あの落語家に紹介してもらい、不忍亭に漫才で出ることになったのだ。もちろんちゃんとしたオーディションがあった。だけど、僕たちはそれをクリアした。

人生はスンバラシイ。

なぜ、素晴らしいのかというと、夢のかなう舞台が人生だからだ。

誰もが舞台の上で、スポットライトを浴びることができる。誰の夢もかなう。それが人生だ。

僕の家の小さな庭は、春の光に満ちている。まぶしい光の雨が降るこの庭で、僕は父の驚いた顔を眺めていた。夢がかなうまでもうあとちょっと。カウントダウンがはじまっている。

もっともっとこの人を驚かせてあげよう。

それが僕の、次の夢になった。

# あとがき

この本は、ある高校生がお笑い芸人になるという夢の最初の一歩を踏み出す物語です。今から二十五年前に、少女小説として書いたものです（新刊ではないのでお間違いのないよう）。

私がこの本を書いたのは、まだ若手だったビートたけしや島田《しまだ》紳助《しんすけ》が筆頭となり、空前の漫才ブームというものを巻き起こしたあと、その勢いが少し落ち着いた頃でした。

子供の頃から私は、お笑いのネタが大好きでした。友人達が夢中になっているアイドルよりも、お笑いをやっている彼らのことが好きで、人気番組はもれなく録画して観て、それだけではあきたらず生で彼らが漫才をするのを観に行ったりもしていました。

しかし、ブームというのはいつか去るもの。時間がたてばやがてテレビでこれほどまでにお笑い番組をやることはなくなってしまうのじゃないかなとその頃感じていました。

なのに、二十五年たった今も、その勢いは翳《かげ》る兆しがありません。昔はどちらかというともてないタイプの男の人が芸人を目指すような傾向があったのに、今では若手芸人のルックスの良さには驚くものがあります。

今はどんな番組にでも「芸人さん」と呼ばれる人が出ています。お笑い好きの私にとってそれはとても嬉《うれ》しいことですが、それだけに競争は熾烈《しれつ》になっていると思います。いついかなる時でも面白いことを言わねばならない、体調が悪いときも疲れ果てているときも、テレビカメラの前では元気でいなければならない。それを怠ると、あっという間に後からくる新人に仕事を取られる。そんな厳しい状況の中で、人を笑わせる仕事をやっていくのは本当に大変なことだと思います。

この本のストーリーは、そんな今の「芸人だらけのテレビ世界」になる一歩手前、まだほんの少し「昔ながらの演芸」という空気が残っていた頃のものです。

どうして私が、お笑い芸人を目指す男の子の話を書きたかったのかというと、それはやはり、お笑いを職業にしている人をとても尊敬しているからだと思います。だって、人を笑わせるってものすごく難しいことですよ。目の前の人が、自分の言ったりやったりすることをどう受け取るか、想像力を駆使して考え続ける、そうしなければ人を笑わせることはできません。

人間は体が疲れたり気持ちが弱ったりすると、笑顔が消えて、面白いことが考えられなくなります。そうすると、ものごとを提案する側ではなくひたすら受け身でいいというふうになってしまいます。お笑いという職業に就いている人は何があっても常に面白いことを提案する側、発信する側にいる、だから私はとても尊敬するのです。寝転がってテレビを観る、というのはひとつの幸せです。私も一日の仕事が終わると楽な格好をして、頭をからっぽにして好きなお笑い番組を観ます。けれど、そこには作り手がいるということを忘れないように気をつけています。

この本は四半世紀前に書いたものを改題し加筆修正したものです。その頃、今は日常の中で当たり前に使っている物が、まだ当たり前ではありませんでした。テレビはアナログ放送だし、パソコンも携帯電話も一般家庭には普及していませんでした。ゲーム機といえばスーパーファミコン、ディズニーシーだってまだありませんでした。

そんな頃に書いた作品なので、今の時代からすると違和感が拭《ぬぐ》えないところが多々あって、出来るだけ書き直しましたが、やはりかなり古い感じが全体的には残っています。そこはお目こぼし頂けると幸いです。

これを書いた当時、私はまだデビューして二年目の新人だったので、細かいことにあまりこだわらず（というか、こだわりを持つ余裕がありませんでした）、ストーリーのテンポばかりを気にして細部まで筆が行き届いていませんでした。なので、刑事のお父さんが拳銃《けんじゅう》を持ち出してきたりしてめちゃくちゃなのですが、そのあたりはどうかお許しください。

すごく昔に書いた、荒っぽく未熟な作品ですが、その当時の私が一生懸命作ったものです。再び出版して頂くことになったのは望外の喜びです。

読んでくださり、ありがとうございました。

二〇一六年　秋

山本　文緒

本作は、二〇一〇年十月に光文社より刊行された単行本『カウントダウン』（『シェイクダンスを踊れ』〈集英社コバルト文庫一九九一年一月刊〉を加筆・修正）を文庫化したものです。

# カウントダウン

山《やま》本《もと》文《ふみ》緒《お》

平成28年 12月25日　初版発行
令和6年 12月15日　5版発行

発行者●山下直久

発行●株式会社KADOKAWA
〒102-8177　東京都千代田区富士見2-13-3
電話　0570-002-301（ナビダイヤル）

角川文庫 20101

印刷所●株式会社KADOKAWA
製本所●株式会社KADOKAWA

表紙画●和田三造



ISBN978-4-04-104746-0　C0193

◆◆◆

# 角川文庫発刊に際して

角川源義

第二次世界大戦の敗北は、軍事力の敗北であった以上に、私たちの若い文化力の敗退であった。私たちの文化が戦争に対して如何に無力であり、単なるあだ花に過ぎなかったかを、私たちは身を以て体験し痛感した。西洋近代文化の摂取にとって、明治以後八十年の歳月は決して短かすぎたとは言えない。にもかかわらず、近代文化の伝統を確立し、自由な批判と柔軟な良識に富む文化層として自らを形成することに私たちは失敗して来た。そしてこれは、各層への文化の普及滲透を任務とする出版人の責任でもあった。

一九四五年以来、私たちは再び振出しに戻り、第一歩から踏み出すことを余儀なくされた。これは大きな不幸ではあるが、反面、これまでの混沌・未熟・歪曲の中にあった我が国の文化に秩序と確たる基礎を齎らすためには絶好の機会でもある。角川書店は、このような祖国の文化的危機にあたり、微力をも顧みず再建の礎石たるべき抱負と決意とをもって出発したが、ここに創立以来の念願を果すべく角川文庫を発刊する。これまで刊行されたあらゆる全集叢書文庫類の長所と短所とを検討し、古今東西の不朽の典籍を、良心的編集のもとに、廉価に、そして書架にふさわしい美本として、多くのひとびとに提供しようとする。しかし私たちは徒らに百科全書的な知識のジレッタントを作ることを目的とせず、あくまで祖国の文化に秩序と再建への道を示し、この文庫を角川書店の栄ある事業として、今後永久に継続発展せしめ、学芸と教養との殿堂として大成せんことを期したい。多くの読書子の愛情ある忠言と支持とによって、この希望と抱負とを完遂せしめられんことを願う。

一九四九年五月三日

# 角川文庫ベストセラー

## パイナップルの彼方　山本文緒

堅い会社勤めでひとり暮らし、居心地のいい生活を送っていた深文。凪いだ空気が、一人の新人女性の登場でゆっくりと波を立て始めた。深文の思いはハワイに暮らす月子のもとへと飛ぶが。心に染み通る長編小説。

## ブルーもしくはブルー　山本文緒

派手で男性経験豊富な蒼子A、地味な蒼子B。互いにそっくりな二人はある日、入れ替わることを決意した。誰もが夢見る〈もうひとつの人生〉の苦悩と歓びを描いた切なくいとしいファンタジー。

## きっと君は泣く　山本文緒

美しく生まれた女は怖いものなし、何でも思い通りのはずだった。しかし祖母はボケ、父は倒産、職場でも心の歯車が嚙み合わなくなっていく。美人も泣きをみることに気づいた椿。本当に美しい心は何かを問う。

## ブラック・ティー　山本文緒

結婚して子どももいるはずだった。皆と同じように生きてきたつもりだった、なのにどこで歯車が狂ったのか。賢くもなく善良でもない、心に問題を抱えた寂しがりたちが、懸命に生きるさまを綴った短篇集。

## 絶対泣かない　山本文緒

あなたの夢はなんですか。仕事に満足してますか、誇りを持っていますか？　専業主婦から看護婦、秘書、エステティシャン。自立と夢を追い求める15の職業の女たちの心の闘いを描いた、元気の出る小説集。

# 角川文庫ベストセラー

みんないってしまう　山本文緒

恋人が出て行く、母が亡くなる。永久に続くかと思ったものは、みんな過去になった。物事はどんどん流れていく――数々の喪失を越え、人が本当の自分と出会う瞬間を鮮やかにすくいとった珠玉の短篇集。

紙婚式　山本文緒

一緒に暮らして十年、こぎれいなマンションに住み、互いの生活に干渉せず、家計も別々。傍目には羨ましがられる夫婦関係は、夫の何気ない一言で砕けた。結婚のなかで手探りしあう男女の機微を描いた短篇集。

恋愛中毒　山本文緒

世界の一部にすぎないはずの恋が私のすべてをしばりつけるのはどうしてなんだろう。もう他人を愛さないと決めた水無月の心に、小説家創路は強引に踏み込んで――吉川英治文学新人賞受賞、恋愛小説の最高傑作。

ファースト・プライオリティー　山本文緒

31歳、31通りの人生。変わりばえのない日々の中で、自分にとって一番大事なものを意識する一瞬。恋だけでも家庭だけでも、仕事だけでもない、はじめて気付くゆずれないことの大きさ。珠玉の掌編小説集。

眠れるラプンツェル　山本文緒

主婦というよろいをまとい、ラプンツェルのように塔に閉じこめられた私。28歳・汐美の平凡な主婦生活。子供はなく、夫は不在。ある日、ゲームセンターで助けた隣の12歳の少年と突然、恋に落ちた――。